打開天窗 敢說亮話

INSPIRATION

天窗出版

自遊人生

旅居藍圖

岑皓軒、馬漪楠　著

目錄

Chapter1：
堅定出走的意志

Chapter2：
強化寬鬆收入

CHAPTER3：
登入自遊網絡

CHAPTER4：
自遊雲端之門

後記

推薦序

胡慧冲
旅遊節目《冲遊泰國》主持

岑皓軒真是一個「世界仔」！何謂「世界仔」？世界各地都可以生存，世界各地都可以旅居，就為之「世界仔」！

我和岑皓軒都係香港電台第一台《大城小事》嘅主持，要做好這個電台節目，其實是非常需要時間同心機。如果你只是用遊客心態去某些景點飲飲食食，是不可以真正體驗當地的風土人情。如果你沒有在異國經歷過「撞板愚事」，是不能真正經驗人在異鄉的好人好事！

岑皓軒和馬漪楠一家人旅居過泰國、中國和日本，世界那麼大，各處鄉村各處例，我肯定他們都「撞過唔少板」，但正正就是撞過板，反而越撞越識玩，咁先至可以有「心得」可以當「秘笈」。

前人種樹，後人乘涼，希望大家讀完這本書之後，都可以好成功地活出擁有《快樂泰度》的「世界仔」！

胡慧冲

從小便認識 Isabella 和 Matt，我說的從小是我在「中一」時。Isabella 是我的英文老師，基本上她可以說是「睇住我大」，看著我從電視台主持到創立自己的茶飲以及蛋糕品牌，而我則在成長過程看著她們一家旅居全世界，我們都是大眾眼中的「小眾」。

「出走」可以說是我們的共通點，我在倫敦拍攝旅遊節目時洽談了一個抹茶品牌，將它帶回香港作為其獨家代理，岑氏一家在旅居過程讓自己以及孩子找回生活中的小確幸，就是我們都渴望「生活」而非單單的勞勞碌碌地「生存」。

怎樣開始？

你需要有堅定出走的意志，然後？

看完你再告訴我。

Benedict 袁學謙

推薦序

說 Matt 及 Isabella 是我的偶像並不是誇張。我在大概 2014 年遇到他們。當年我參與了兩次他們的靈氣頌缽晚會。在晚會完結的時候,他們說會出走四年,計劃會每一年停留一個不同的地方去學習不同的文化及當地的 healing arts。當時我情緒不穩定,正處於一個十字路口——非常想離開被困在香港的小型家族生意內,但又不知可以做甚麼。

認識到他們以後,我就叮一聲:「哇!原來做自己鍾意嘅嘢同身心靈工作都可以搵到食㗎喎。」我目標不是要做超級富豪,但當然想做自己喜愛的工作的同時亦能夠有可觀的收入,亦即是 spiritually 同 financially 都 rewarding。好記得 Isabella 說這句:"When you want to do something great for the world, The Universe will open doors for you."

可以說由於自己任性,亦沒有太多耐性,所以我就決定去創造自己的工作——從 part-time 自己開班教授,到跟朋友開辦瑜伽館,再籌辦自己的瑜伽師資訓練及海外的瑜伽靜修營。「創造自己的工作」呢條 formula 沿用至今,我亦托賴 it has been serving me well。

當然這一連串甚麼都是自己動手的工作模式——從安排時間表、租場開班、設計課程、宣傳、招生、收錢、教授、「客戶服務」都是自己一手包辦。這就是不折不扣的 Entrepreneur 啦!哈哈哈!這幾年當然是辛苦,但我知道 Entrepreneur 這個角色很適合自己,因為我有完全的創作自由。

講起來,跳出香港這個念頭都萌生了好幾年。我本身喜歡外國的生活,因為覺得香港的生活節奏太急促,覺得生活失去平衡,長時間這樣的生活對身體及心靈不太健康。我不覺得生活就只是為了工作,我需要靈感及創作的動力。

有一天,我終於決定要在兩年內設立一個香港以外的新基地。

此時我的未婚夫奇蹟地在這時出現!我們兩人也是瑜伽老師及著重靈性修煉,但我不在這裡詳細交代我們發展的經過了,在上海工作的他和同在香港工作的我,

很快就在峇里島旅行的時候訂婚。訂婚之後，我們就開始計劃找一個地方 where we can both thrive 去展開新生活。

我們兩人都已經厭倦大城市嘅生活，想設立一個較便宜的東南亞基地—— 要讓我們容易在其他亞洲地方工作、接近大自然、而且有利於我們瑜伽及靈性修練的工作及發展。而峇里島的烏布（Ubud）是我們兩人一致的選擇。

離開自己熟悉的地方，去任何一個角落從頭開始就預咗要 get out of my comfort zone 㗎啦！人要成長就一定要經過磨練。能夠在峇里島建立一個基地對我們來說，得著一定比失去的多。

很高興在我寫這個推薦序的現在，我已在峇里島的烏布和我的未婚夫 Sergio 留了一個月。當然呢一個月又驚又喜啦。在這裡要重新建立我們的生活、我們的網絡，亦要適應這裡的風土人情、峇里人的「慢活」處事方法、「農村生活」、學揸綿羊仔、住宿、簽證、explore 工作機會、無處不在的蛇蟲鼠蟻……一羅羅的新挑戰。

雖然來到這裡只有一個月，但我們「知道」在這裡的發展一定非常好。因為我們在這裡覺得舒服、開心、健康及充滿靈感。所以我們已在籌辦在峇里島的瑜伽靜修營及師資訓練，如果大家有興趣來峇里島探訪我們或參加我們的瑜伽靜修營去深深體會瑜伽的話，可以跟我聯絡。我的網址是 www.arieltang.com。

希望大家能夠好好利用這本天書，因為 Isabella 和 Matt 他們對生命的熱愛、their grounded spirituality 同無私嘅分享，真的是非常非常的寶貴。如果你本身已經有一團火想要往外闖一闖，希望你在看完這本書之後，把這團火燒得更光更亮！

為你獻上愛與祝福。

Ariel

推薦序

很高興和榮幸能夠為 Matt 和 Isabella 寫序，我們兩個家庭的相識，緣自他們的著作《全家變泰》。

記得當時太太肚裡懷著幾個月的小孩去聽當時的新書分享會，感恩能夠與他們相遇，好像一見如故。作為新手爸媽，欣賞他們的非主流育兒價值觀，很少機會遇到這方面的同路人，我們也不想孩子在「倒模」的方式下成長。在香港地，一個家庭決定走一條不從眾的教養方向，某程度上爸媽也需堅定意志帶孩子走出舒適圈，所以更欣賞他們坐言起行，不是只講理論。

Matt 和 Isabella 一家的悠牧故事喚起我們帶小孩出走的夢想。過往我倆分別經歷過離開舒適圈去 Working Holiday，生小孩前是背遊愛好者，但認為小孩出生後需與流浪講 Bye Bye，帶小孩闖蕩看世界更是遙不可及的夢想。然而，聽完他們的分享，完全改變了我們最初的想法，他們的生活態度亦觸動我們去反思，是否港人「趕式」家庭生活是我們的唯一選擇？

我們是典型的香港雙職家庭，過著表面上平靜穩定的生活，日捱夜捱工作的確讓家庭維持較佳物質生活，但各種原因令我們不能停下來，不知不覺間跌入追追趕趕的循環。到底勞碌工作的代價和價值是甚麼？再想像自己五年後、十年後……好像人生就是這樣匆匆的過。

我們選擇學習捨棄，放下刻板觀念，或者生命中的其他可能性才會出現。

執筆之時，我們一家預備帶著孩子搬到台中生活，將經歷人生第二次出走。希望從講求速度的「趕式」生活，搬到重視慢活的台中。台中沒有香港的五光十色，但能夠讓我們聞到較悠閒的空氣吧。

我們沒有財務自由，也沒有相當的資本實力，有的只是 Working Holiday 海外生活經驗，或者我們的勇氣比其他人多吧。的確那些不確定性讓人不安，我們更期待一家一起見識那未知的世界、得到更豐盛的人生體驗。

感恩我們有信仰可以依靠——「神為愛他的人所預備的，是眼睛未曾看見，耳朵未曾聽見，人心也未曾想到的。」《聖經》哥林多前書 2:9

就這樣，將再次踏出習慣的 Comfort Zone，追逐我們的夢想。

另一方面，眼見近年數碼遊牧、斜槓族之類的新工作模式打破了傳統固有框架，改變工作「時間」和「空間」的運用，也是有意離開舒適圈的胸襟才容易接受，而不被地域空間限制的工作正是不少人嚮往的模式。我們深信現在世界急速在變，簡單如一部手提翻譯機就能把不同地區的人打破溝通隔膜。世界變得不一樣，社會、職場生態也在轉型中，無論外界怎樣變化，相信心態決定人生，我們也在學習懷著喜樂的心去擁抱千變萬化的未來。

誠意推介大家細心欣賞此書，盼望他們的旅居藍圖能喚醒你出外闖蕩的熱情，對你有所啟發！

榛爸榛媽 @ 榛榛樂道

推薦序

很感謝 Matt 的邀請，從來沒有想過可以替別人寫序。我本身是他的粉絲，跟他學習，但竟然可以幫他寫序，真是受寵若驚。在此，我希望分享自己認識 Matt 的心路歷程及自身改變給大家參考。

「香港人哪個想返工？但不返工，又哪有錢？」我想這都是大家面對的現實問題。

我當然都是其中一份子，甚至夢想：「不想返工，還可以四圍去」，我這種想法是否不切實際？

一般人都會想，這些機會不是屬於我的。但幸運地，我喜歡挑戰及看書，從中想找出答案。像是看過《富爸爸，窮爸爸》這類型外國的書，但是內容始終未夠本土化，於是我不斷尋找香港有沒有相關的書籍。

皇天不負有心人，我終於找到一本叫《劈炮吾撈》的書，心想「今次發達啦唔洗做」，但此書的內容主要都是圍繞創業或找到自己想做的工作。對於當時的我，未有創業或轉工打算，不太適合用於自己。

所以，我唯有繼續尋找有甚麼方法可以達成目標，怎料 Matt 又出多一本書叫《佔領資產——唔使葡萄劈炮吾撈》，這次完全沒有失望，他亦都不藏私地公開自己財務自由的方法。

我跟隨了書中的方法，一步一步地邁向目標。在過程中，我會疑惑：其實好多人都提到財務自由及提供很多方法，但他們仍在工作中或者轉職做生意，好像沒有一個不斷旅居的財務自由人。

當然，有些人財務自由後仍會選擇繼續打工，但我希望能見到一個人能不用工作也可以財務自由，此問題仍困擾著當時的我。及後 Matt 再出一本叫《全家變泰》的書，又將我心中的疑問解惑，因為他是真正的自由（遊）人！

Tommy Fung
企業心理學家 / 培訓中心創辦人 /LEGO® SERIOUS PLAY® 註冊引導師

當 Matt 在泰國旅居後，他回港開了一個分享會，當然我馬上報名，再請教他的高見。Matt 非常好人，也時常回覆我的問題（可見他好有心幫朋友），在溝通過程中發現他和他太太都是我中學的師兄師姐，世界就是如此細小。

大家都以為財務自由人，滿身都是銅臭味，但當你認識了他兩夫妻後，你會發現他們竟然同時是心靈導師，可以豐富自身及他人的心靈上，真是羨煞旁人。作為一個心理學人，根據馬斯洛的需求層次理論，他們都應該到達頂層！

一年前，我飛往沖繩探訪他們一家，親身感受到財務自由同心靈充實的滿足感。為自己的目標打下一支更大的強心針，決心要突破自己！

財務自由其實是人生一個跳板，這是我書中喜歡的一句。因為有了財務上的支持，人更有信心衝破自己的舒適區，以我為例，我開辦了自己的培訓中心，財務上的安排更加穩妥，也大大增加了自身可以去旅遊的時間。

在追求財務自由時，一定會遇到好多問題與挫折，好多時都想放棄。再者，財務自由本身就是一個好反傳統的觀念，所以聽取有經驗者的意見或鼓勵都好重要。

今次《自遊人生 旅居藍圖》可算是濃縮了 Matt 一直以來對財務安排、旅居方案的精華，當中還包括其他人的真實例子！

如果想財務自由然後長期旅居的朋友，獲得此書將可以加快你的步伐，解決你心目中好多的疑慮。祝大家早日踏上財務自遊人生路！

Tommy Fung

前言 OUR STORY

誰不嚮往自由自在，
無拘無束的生活？

我和大家一樣，土生土長於香港。從小開始已被灌輸「贏在起跑線」的概念。

正所謂「執輸行頭，慘過敗家」，想要子女成龍成鳳，就要由小孩出生前開始計劃，父母在性行為前計算懷孕時間，好讓子女能成為「大仔／大女」，為入讀名校鋪路。到了孩子呱呱落地的一刻，還沒到學齡階段，父母就要為子女報讀 Playgroups，積極栽培子女入讀名幼稚園。所選讀的名校小學，必需能一條龍接駁名校中學，然後扶搖直上入 Ivy League 長春藤聯盟名牌大學。最好「浸過鹹水」後凱旋而歸，成為出入中環，西裝筆挺的專業中產，這彷彿是每個香港人所追求的「人生終極幸福」！

以上種種筆者都算經歷過，雖然成為了別人眼中的所謂「人生勝利組」，但我卻絲毫感覺不到幸福感。

中產式收入 ≠ 中產式生活

2013 年，時任財爺鬍鬚伯伯曾說：「中產是一種 lifestyle，飲咖啡睇法國戲就是中產。」如果是真的話，那就好。

在香港，做中產，有誰不是「表面風光，內裡陰乾」？每周工作逾 50 小時，「得閒死唔得閒病」，辛苦賺回來的錢拿去買玩具、相機、手袋、食自助餐、旅行減壓是常態，更糟糕的情況是有錢買，沒時間花。一年上班 11 個月，

只有一個月不足的假期，想請假去旅行，又要與上司同事看誰最快申請假期。如果請假的時間太久，上司又會「詐型」：「會影響來年升職報告」、「會影響公司效率」⋯⋯總之就用種種不同的原因，要你乖乖繼續做工作「奴隸」。

難道真的要做到六十歲退休才可以過自由自在、不需要向任何人交代匯報、想做甚麼就做甚麼的生活？我和我的太太都看不出我們可以有能耐等這麼久！

於是，當下便決心要定個時間表逃離「Rat Race」。當時，我們覺得要逃出「Rat Race」，享受自由，首先要實現的，便是「財務自由」（Financial Independence) 這個夢想。

「財務自由」不是夢

我以前在銀行工作，負責銷售投資產品及保險，遇過很多不同層面的客人，由草根到 10 位數字身家的富豪都有。從這些客人身上，發現到香港已經由 80、90 年代的 A 型社會，轉型成現今的 M 型社會。有上流力的中產就變了 M 型社會上的新富豪，沒有上流力的就自然會向下流，不進則退。

往下回流的中產，他們只是用了以往 A 型社會的幾把「周身刀」，錯用在 M 型社會上。英文有句諺語：「Never take a knife to a gun fight！」（不要拎住把刀去槍戰），這幾把 A 型社會的「周身刀」：

1. 入讀名牌學校（幼稚園／小學／中學）；

2. 入 Ivy League 長春藤聯盟名牌大學（最好是哈佛、耶魯、劍橋、牛津等）；

3. 考取專業牌照（CFA、LCCC、AACA 等）；

4. 打份好工，勤力工作（工作穩定、福利好、人工高、有退休金等）；

5. 買樓（節儉、努力儲首期）；

6. 儘快還清債務（Paid off the mortgage，不要借錢）；

7. 投資要保守，長期和分散。

在過去，這七把「周身刀」是非常「殺食」的，亦是香港人所推崇的「成功方程式」，但可惜在 M 型社會下，它們的 advantage 不再。2000 年讀完了《富爸爸，窮爸爸》後，改變了我的理財看法，原來「財務自由」不是夢！2007 年尾結婚後，我向太太許下承諾說：「我會用五年時間把自己住的那層樓供滿，還清所有債務。」

短短六年間，正當其他人忙著累積證書和經驗去攀爬別人所定下的事業階梯，我倆卻積極累積資產，為自己創造多元現金流（Multiple streams of cashflow），逃脫永無止境的職場 Rat Race。在三十五歲之時，我們正式實現了「財務自由」的夢想，詳情請參閱我 2013 年出版的《佔領資產》。

不過，「財務自由」不是我們的終極夢想，我們真正嚮往的是有時間做自己喜歡做的事，到想去的地方，過一個沒有「四大長老」—— 上司，下屬，同事和客戶，簡單快樂、自由奔放、海闊天空的生活。所以，「財務自由」只是讓我們更快通向自由自在自主生活的跳板！

「財務自由」了，你又捨得「功名利祿」嗎？

有樓收租，家住三房向南海景近地鐵市區私樓，兒子保證入讀傳統一條龍名校，K1 開始輕鬆直升至中學畢

業，理應是中產的理想生活模式。然而在 2013 年，當我和太太都達到財務自由後，內心卻經常問自己：「WHEN WAS THE LAST TIME YOU DID SOMETHING FOR THE FIRST TIME？」

我們很清楚，如果我們繼續在香港安逸地生活，面對的絕大部分都是手板眼見，駕輕就熟的事物。所以，我們沒有興趣去成為擁有 30 年單一工作經驗的 Specialist，反而想成為累積 30 年不同生活經驗的 Generalist！

所以當時我們選擇了 the road less travelled，就是暫別香港，展開我們四年的喜悅歷奇—— joyous adventure！在那四年間（2014 至 2018），我們計劃了一家四口會到曼谷、成都、沖繩、高雄各處旅居生活一年，深度體驗當地文化。

我們非移民，只是流浪也！至於為甚麼選擇這幾個地方，原因很簡單，這些都是慢節奏的地方。我們本身是來自節奏急速的香港，所以我們想選擇一些我們未試過，能讓我們「慢活」的地方生活。

「讀萬卷書不如行萬里路」，這句是「阿媽係女人」的老生常談，但人人都只得個講字，極少人坐言起行。亦有人議論「離家出走，流浪遠方」只是理想、夢想，甚至是妄想，我們則想都沒想，落手落腳去實踐這種「另類浪漫」！

很多人跟我說，我可以等到六十歲退休才去慢慢遊歷世界。但我告訴他們：「如果我今天不起行，六十歲之後才去做，那時候我會健康嗎？有體力嗎？還有一顆好奇開放的心嗎？那時候我相信已經不是同一回事，甚至不是甚麼一回事！」

有人問：「你們這樣做是為了讓兒子有更好的教育嗎？」我們認為學校和書本只是教育的一少部分，更重要是經驗和經歷。更何況，我們並非為更

好的教育，而是為一家人有更豐富的生活經驗。大家誤會了，出走並不單是為了兩個仔，我和太太都重新變成「留學生」，一家人一起感受新鮮事物！

又有人問：「為何犧牲事業和資產？」我反問：「犧牲？！事業和資產比不上Financial and Location Independence，自由自在更是可貴！」老實説，就算我們賺多七位數字，也不會令我們生活好太多；賺少七位數字，亦不會令我們無飯開。現在能推動我們的，就是幫助自己和別人重拾身心靈健康（Well-being）和憶起我們「真正是誰」（Who we really are）的靈性種子。

當我們宣佈離職並決定在泰國展開一家四口的新旅程時，有人覺得我很大膽，也有人十分羨慕。但其實太介意別人怎樣看，反而令自己綁手綁腳，最重要還是看清楚自己想要走一條怎樣的人生路。我們認識不少比我們更富有的人，但他們過的生活比我們空洞貧乏。就算有著這一世用不盡的財富，每一天他們仍然是停不下來，腦裡總是盤算如何「賺更多」和「慳更多」。有些有社會地位的，又會因為不捨得別人對他們身份地位的敬仰，而離不開職場。我們慢慢發現，有了「財務自由」和自遊人生並不一定掛鉤，因為我們亦見過不少未達到「財務自由」的人，在享受著自遊人生帶給他們的喜悦。

所以，講到底，是你能不能「斷捨離」，夠不夠膽坐言起行，實踐你的夢想。一生人只活一次，與其日復日過著機械人式的生活，不如由今天起就設計自己的理想人生。所以，不要問我甚麼時候是啟動自遊人生的最佳時機，因為我只會反問你：「If not now，when？」

我們下定決心的催化劑

2013年暑假，我們一家四口去了泰國的 Krabi（喀比）度假。其中有一天，我們乘坐快艇出了一個外島（Hong Island）玩。然後在沙灘上，我們又租

用了艘獨木舟，想去這 Hong Island 的一個秘境 Hong Lagoon 玩。Hong Lagoon 是水清沙幼的環礁湖，那時只可以用獨木舟由這個島的東邊，划獨木舟到北邊的入口。

我仔細觀看一下地圖，帶領著一家四口，就跳上了艘獨木舟，由沙灘出發，一路沿著這個島的海岸線，人力划到這個島的北邊找那 Hong Lagoon 的入口。沙灘租借獨木舟的店主說，只要划大約 15 分鐘，就可以看到 Hong Lagoon 的入口。可是我沿著海岸線已經划了 45 分鐘，由順著水流划到逆著水流，都仍然未找到入口，已經出現體力不繼和非常口渴的狀況。還有，我的兩個孩子（當時只有 2 歲和 3 歲），已經跟我們在海上漂流了 45 分鐘，在海上大哭。只有我老婆在獨木舟上支持我，另一方面她也安慰著兩個孩子。

那時我在想，在大海上迷路，缺糧又缺水，開始有點頭暈。幸好，有一首環島遊的快艇經過我們的水域，我們立即向他們求救！快艇上的人以為我們是向他們揮手，直到他們經過我們時，聽到我們大喊「Help！Help！Help！」，他們才掉頭回來。

那位泰國船家把我們帶上了他們的快艇，艇上的兩位德國遊客也馬上給我們飲品和小食，特別是我兩個孩子已經非常肚餓！然後船家把我們的獨木舟綁緊在船邊，一起把我們送到原本出發點的那個沙灘上。我們向那船家送上謝意，也跟那兩位德國遊客一再道謝。

自遊人生

旅居藍圖

回到沙灘上，我再看看地圖，原來我差不多已經用獨木舟環島遊了一圈！而那 Hong Lagoon 的入口其實真的比我想象中近很多，基本上我順著水流，只划大約 8 分鐘就到了，可是我一路以為是需要 15 分鐘，所以未有及時發現那入口。

聽起來很奇怪，但確實又是真事，那一次是我第一次把「財政壓力」和「工作壓力」這些外在的壓力因素都放下了，單單只是專注去求自己和家人離開險境。腦海想的，和內心所想的，都是一致，就是要「一家四口生存下去」！

那天晚上，我和老婆再分享當天發生的事，我問她那一刻有沒有驚過，她說那時只顧著安慰孩子，未有時間去擔心其他的，她絕對相信我的領航能力。坦白說，縱使那一刻，我知道自己的領航能力有所失誤，我自己那時也沒有太多時間去驚或擔心，只是很著急去找那「入口」，和因為發現好像迷路了，就希望盡快確定自己的位置。反而上了岸，回到沙灘之後，回想起剛才的情況後，先至識得驚，知道自己剛才死過翻生，哈哈哈哈！

我和老婆笑說，原本我們只是想找那個 Hong Lagoon 的入口，怎料超額完成，幾乎划了一個環島遊！既然我們「大難不死」，那麼就「必有後福」，今後一定要更加開心樂觀的生活！

那時我們內心已經有了一個計劃，就是衝出香港，邁向世界，看看在其他地方生活的可能性。而今次的「大難不死」事件，正是我們去落實這個計劃的催化劑！

轉眼間旅居快六年，我向你拋出這問題！

時間過得真快，快樂的時光更是過得特別快！泰國一年，成都一年，沖繩兩年，轉眼今天就已完成當初定下的四年旅居生活。每年一轉，斷捨離是

常態，離開習慣的舒適圈 comfort zone，放下了既有的價值觀，每一天都在新地方，「倒空」自己，重新做個小孩，經歷和學習新事物，擴闊自己的圈子，視野和胸襟，驚喜有趣的事一籮籮，但烏龍撞板的事更多！

這四年來，我們過著四海為家的生活，「只要一家人在一起，那就是家」不再是隨口穿鑿附會的一句話，而是我們遊走過高山低谷後的深切體會。「四海之內皆兄弟」不是絕對，但只要你願意先付出真心待人如己，接納他人如海納百川那就絕對是對。

在旅途上，我們曾受到無數不相識的人無私地幫忙。在這地球村裡，我們都是無分彼此的村民 (Global Villagers)。幾十年前「人人為我，我為人人」的那種 old school 精神就是地球村村民古老當時興的寶訓。我們亦選擇把別人的恩 Pay it forward，獨樂樂不如眾樂樂。有人說我們只是幸運，常常遇到好人。我們說我們是無可救藥的樂觀主義者，happy go lucky，「傻人有傻福」，原來心態決定境界，感恩喜樂的心讓我們看出不一樣的世界。

遊人生 旅居藍圖

遊走中日泰，如果硬要我們形容三地，我們會說，泰國是我們第二個家，令我們「全家變泰」，是退休的好地方。成都用「快耍慢活」去形容最貼切，說「少不入蜀，老不出川」也不為過。至於沖繩，她暫時是很合適我們家這個階段的地方。沖繩的藍天碧海，民風淳樸，是喜歡簡樸自然生活的我們所嚮往的，這兒亦很適合我們的孩子成長……不過，這些都不是這趟旅程的重點，因為在我們來說，旅居並非一次向外旅程，而是一次通向心的內在旅程。走到內心最深處，我們問，究竟我們想在這場人生實現些甚麼和想成為一個怎樣的自己呢？這問題並沒有 model answer，是一條老師不會教，考試不會考的問題。然而不管我們走到世界哪個角落，在人生哪個階段，我們每個人都需要用整個人生去解答這問題。

When was the **LAST** time you did something for the **FIRST** time? 決定旅居前我這樣問自己，結果踏出了第一步，然後 one thing leads to another，回頭一看，發現人算不如天算，上天給我們的眷顧和祝福，經歷和得著遠比我們當初預期的更細膩貼心，臻樂滿溢。我們並不是說，每個人都應該去旅居，或者旅居的生活適合每一個人。

現在我們的生活狀況是每一天都很享受生活，與此同時亦很嚮往以後的旅程。雖然暫時仍在沖繩，但不排除內心有別的 calling 時，他朝會到別的地方旅居。

回顧當初的決定，現在心情是相當後悔的，後悔為甚麼不早一點出走，早一點放眼世界。早知旅居能如此豐富我們的閱歷，就應該坐言起行，毋須要等。

只是旅居六年後的今天，我反而想向你拋出這問題：When was the **FIRST** time you did something for the **LAST** time? 因為天曉得這問題會否令你萌生靈感，點起熱情，展開一段一生只得一次的喜悅歷奇呢？

CHAPTER1
堅定出走的意志

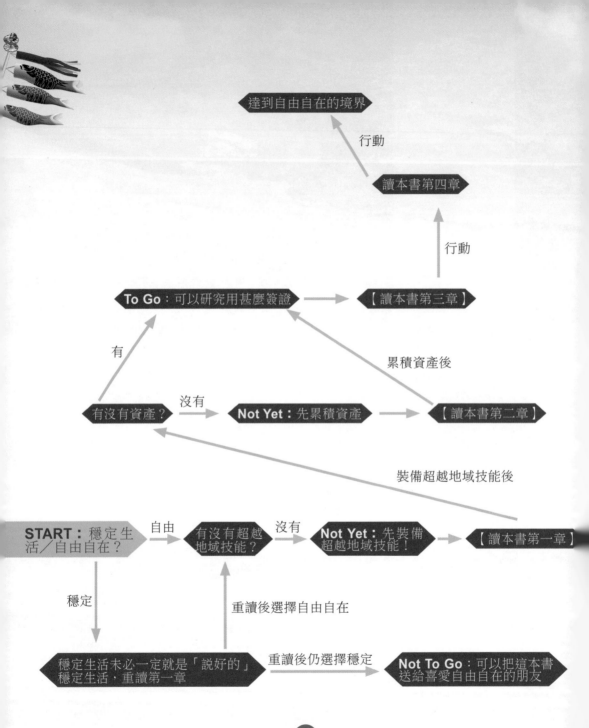

達到自由自在的境界

行動

讀本書第四章

行動

To Go：可以研究用甚麼簽證 ⟶ 〈讀本書第三章〉

有

有沒有資產？ 沒有 **Not Yet**：先累積資產 ⟶ 【讀本書第二章】

累積資產後

裝備超越地域技能後

START：穩定生活／自由自在？ 自由 有沒有超越地域技能？ 沒有 **Not Yet**：先裝備超越地域技能！ ⟶ 【讀本書第一章】

穩定

重讀後選擇自由自在

穩定生活未必一定就是「說好的」穩定生活，重讀第一章 重讀後仍選擇穩定 **Not To Go**：可以把這本書送給喜愛自由自在的朋友

To go or
not to go?

不管甚麼原因，從你把此書拿到手中，就足以證明了你或多或少想離開香港。試試在搜尋器一欄中輸入「移民」，後面的關鍵就是緊貼著「港人」。

這些年來，我們幾乎每星期都收到一兩篇電郵問我們關於移居外地的事，從而得悉不少人都看不清未來，他們都只是在想「To leave or not to leave」。

離開不離開香港，真是一個好問題。因為 to Leave 是要「連根拔起」的，如果走了，就難以回頭，超越了「The point of no return」。我們在這裡所提供的建議和方法，反而是鼓勵大家去想想：「To go or not to go」，因為這相對起「一走了之」比較正面同有憧憬。

好處一，是可進可退，因為出走過後，就會有新經歷，如果他朝一日回巢，至少都叫做「跳出過香港」，豐富了人生經驗。

自遊人生 旅居藍圖

二，是可以理解為想移民（出走）前的一個「試用期」，真正喜歡才「成副身家倒落去」，可能出走過後會發現自己其實更愛香港，畢竟大家都有一個奇怪心態：隔離飯比較香，不是嗎？

這就像愛情一樣，雖然這人未必一定是「真命天子」，但都可以試試拍拖。如果真的鍾意，才結婚，就算 work out 唔到而分手，起碼都「拖過吓手仔」，豐富了人生經驗，哈哈哈哈！

先此聲明：香港始終是我們的「娘家」，是我們的根，無論香港發生了甚麼事，我們都沒有絲毫減低對香港的熱愛。其實我們寫這本書，出發點絕

非叫人移民，因為我們最不希望見到的，就是扯走了香港的人才。我們真正的出發點，是鼓勵香港人用一個「留學生」心態，出去闖盪，試試自己的實力，同時把學到的經驗和知識分享給香港人。當然，如果真心喜歡，下一步也可以「移民」。

再說一次，「移民」絕非我們的主旨。

心境上 are you ready?

請問清楚自己：「想要穩定生活（Security）？或是想要自由自在（Freedom）？」

我們從小到大，幾乎整個教育系統、家庭教育、社會傳統觀念，都是教你如何獲取好成績，求學就是求分數！成績單上的數字和長大後的生活質素幾乎掛鉤，未來才能獲取「他們說好的」穩定生活！

如果你只是單純想要穩定生活，那麼我勸你還是最好「唔好搞咁多嘢」！放下此書，然後乖乖地繼續現時的生活。因為你想要「To go」，就必然要經歷高山低谷，衝破重重心理障礙，才可以乘風破浪，衝出香港。

離開前，我們沒有太多張羅，要辦甚麼 Farewell Party 之類，因為我們要去的地方，只是好幾個鐘頭飛機。而且，很多朋友都預先說會到當地探我們。所以我們完全沒有任何離愁別緒或依依不捨的心情。反而是好開心、好興奮、又好期待，將會可以在異地重遇，一齊去玩！

自遊人生

旅居藍圖

不過，你既然都買得這本書，想必你有心想跳出現時處境，看看「To go」的可能性，體驗一下「自由自在」是甚麼的光景。

自由是……

在三色台的電視劇中，主人翁獨自一人在辦公室 OT，深夜了只好沖個杯麵，一邊呷著麵條，一邊慨嘆自己命真苦。到了 2020 年，仍有這種老掉牙的舊劇情，因為這種「得閒死唔得閒病」的情節到今天仍然發生！

何謂自由？甚麼是自由？太哲學化的含義我們先不討論。這邊說的自由，是指生活上、心靈上、時間上，任性點說：有時間做我想做的事。

自由自在有甚麼好處，你讀下去就會知道，但有一點我先要現在跟你說清楚的，就是：

「你選擇穩定生活，未必一定就得到穩定生活。但如果你選擇自由自在的同時，你會不經意地得到穩定生活，買一送一！」

好了，現在先戴上香港人實用主義（Pragmatism）的帽子，當然是選擇有著數的買一送一「自由自在」吧。

OK，就算你是討厭金本位的文藝青年，崇尚浪漫主義（Romanticism），都無理由會只是想安安穩穩過一生，而是想轟轟烈烈的大幹一場，跳出別人為你定下的框架，隨著內心感覺而走到自由自在的境界吧！

需要「資格」的自由

不過，正如德國哲學家伊曼努爾‧康德（Immanuel Kant）說過：「自由不是讓你想做甚麼就做甚麼，自由是你不想做甚麼，就可以不做甚麼。」

首先「To go or not to go」說得輕巧，以為揮一揮衣袖不帶一片雲彩般瀟灑？這裡暫時不說你為何要 To go，而是要先審視一下，你是否有「資格」to go！

在 to go 的資格上，第一你要審視的，就是你可以不會受雇於人而又「搵到食」嗎？又或者是，你的工作可否在家上班，然而也可以賺錢？更進一步的，就是你的個人技能，可否超地域界限？例如你識剪頭髮，你可以在香港剪，也可以在其他地方剪，一招走天涯，一樣搵到客。講得簡單一點，就是你可以在外邊都容易「搵到食」嗎？

但是，如果你的技能，是有地域規限的（例如，你是香港的持牌會計師，

自遊人生
旅居藍圖

但除了香港以外，你並不可以馬上在其他國家做會計師，必先要先考取當地牌照才可以執業。）那麼，你就要審視第二點，就是自身有沒有資產！

假設你在香港或其他地方有「資產」，可以每月產生現金流給你，支持你在外邦的基本生活所需，那麼你就有時間（Buy Time）去改變自己的收入方式。由有地域規限的搵食方式，變成跨地域的搵食方式。至於如何去累積資產，我們會在第二章「強化寬鬆收入」中再詳談。

但現在，我們先要確認一點，就是如果你在香港都「生活困難」，認為香港這地方不合適，希望外邊的環境會較好，令自己可以「舒服一點」的生活，那麼，這很可能是一個美麗的誤會！坦白說，香港的確是一個很好的「道場」，如果你在香港都「搞得掂」，那麼你在外邊的適應能力自然會大大提升，成功率也會較樂觀。

在香港也感到生活困難的話，其實真的是要在這個最好的道場打好基礎，才衝出香港。所謂「唔係猛龍唔過江」，抱歉地說一句，如閣下你在香港都「撈唔掂」的話，怎會天真得認為跳出舒適圈就反而「撈得掂」？

請別以為我是在說晦氣話，其實這是前人留下來的寶貴（慘痛）經驗，真的不想你墮入這個圈套。所以還是那一句，走還是不走，這個 to go 的資格，一是有跨地域的技能，二是有資產，兩者中最少要有其一，才算是 to go 的基礎資格。

大鑊鳥！如果這兩個條件都無，豈不是永無站起來的一天？非也！只要你願意更新你的信念系統，就可以慢慢由有地域界限的搵錢方法，變成有地域自由的搵錢模式，而這一章正式要揭示這個方法及過程給大家。

「劈炮吾撈」
的資本

Isabella 的故事

2000 年大學畢業，正值科網股爆破，香港經濟低迷，大學生的身分已不再馨香，師兄師姐搵工已開始有難度，和我同屆的畢業生都不敢奢望找到高薪厚職，只求找份穩穩陣陣的工作已算不錯。

我當時所修讀的是英文系，當年修讀此科純粹因為自己英文成績較佳，對此科較有興趣和把握，沒有現在的年青人那樣為前途想得那麼仔細，所以也沒有想過讀完大學有甚麼出路。到畢業了，才知道要面對現實。Job-hunting 初期，我沒有太大包袱，於是索性找英文老師的工作，覺得至少可以用上專長。

不知為甚麼，早在二十年前，當大部份畢業同學都只顧在找香港工作，我已經很「先鋒」地找海外工作！會突然萌生出這樣的想法，一來是因為當時在香港找工作甚艱難，二來自己也很嚮往到外國生活，三來覺得自己還年青，有本錢嘗試出外工作，豐富人生經歷。

遊人生
旅居藍圖

大環境下　幸好我還有選擇

大學時期的我已是每年去兩三次的泰國躉，很喜歡那兒慢節奏的生活。於是我便想，不如在泰國英語老師求職網找找有沒有工作適合自己，乾脆去那邊住，去那邊工作，不用每次買機票！皇天不負有心人，竟然真的給我看見一份到泰國 Bang Na（曼那縣）國際學校教書的工作！喜歡泰國的我當時想也不想便寄出應徵信申請。

同一時候，我當然沒有停止在香港應徵工作，結果在暑假快將結束時，真的被我找到一份中學英文老師的工作，還要是在一間校風純樸的名校執教。只經過一次面試，校方已立刻決定聘用，並和我簽約。個個人都説我幸運，在經濟低迷時期都能找到這份「好工」，因為大學同學 first honour 畢業，都要在偏遠地區的學校任教，可謂同人不同命。

泰國國際學校那邊也傳來消息，邀請我過去任教。還附送絕佳條件：每年來回香港泰國機票、當地住宿交通津貼等等。薪酬方面當然不能和香港相提並論，但對比泰國的生活指數，已是相當不錯的水平。從客觀條件上，分析過出國任教也不一定「餓死自己」；在主觀條件上，我一直憧憬著在泰國生活的情景，可以在地工作絕對是一次相當寶貴的經驗。

奈何工作只能二選一，to go or not to go，當時考慮到香港也有工作 offer，家人亦想我留在香港，最後便選擇了前者。當時內心也有一定的掙扎，因為我知道機會錯過了不會輕易再來。事後我更發現原來我的大學推薦人，當時浸大英文系的 Professor Dr. Bickley，為我寫了一份非常好的推薦信，難怪泰國國際學校那邊對我非常信任，在沒有親身 job interview 底下已邀請我過去任教。假如當時早早便過去泰國做海外僱員 Expat，我敢說我的人生應該會完全不一樣。

突然想起有段「小插曲」，我差不多把這件事拋諸腦後。想也想不到，十多年後，在 2014 年當我辭職決定旅居，第一站便來了泰國，還住了在泰國一整年，一如所願。當時我們根據兒子所要入讀的學校選了所住的地方，無獨有偶，那兒正是泰國曼谷的 Bang Na，當年我申請教書職位的那間泰國國際學校的所在地！現在回想起來，這一切的發生並非偶然，至少我相信冥冥中有所安排。

話說回頭，別人眼中的「筍工」，又是不是真的這麼「盞」？薪酬不錯、假期多、有公積金保障、學生乖巧受教、同事友愛有如一家人、上司開明信任、給予機會作出教學新嘗試──在這間學校工作，真的會給人「快樂不知時日過」的感覺。

當初雖然放棄了泰國的 offer，但是我是放低了就不會想返轉頭的人，之後的我已經全心全意投入香港的教務工作。老實說，如果不喜歡，實在不可能一做便做了十三年，當中沒有轉過學校。所以，就算現在離開了，別人問起我以前任教的學校，我還是對它讚口不絕，非常推薦！

你當係寶 我當係草

在我決定辭職去旅居的時候，很多身邊的朋友都問：「有這樣好的工作，是名校英文科副科主任兼教育獎得主，工作又這麼出色，孩子又可以入讀一條龍名校，你真的捨得嗎？」

我卻一點也沒有猶豫地說：「對我來說，現在這一刻，可以有自由時間陪伴我的老公和孩子，看著孩子們成長比金錢名譽更重要。我的想法就是這麼簡單：希望孩子生病的時候，我能在身邊照顧他們；希望自己可以做有營養的飯菜給孩子吃；希望孩子需要我的時候，我能夠在他們身邊。這些希望在別的地方都只不過正常的媽媽日常，為甚麼在香港卻變成了媽媽的『奢望』？」

還有一句更「爆」的我都沒有對任何人說：「況且，做得出色不代表一定要做。做得出色也可以選擇喜歡就做，不喜歡便不做的，這才是真正的自由！」

當作提早退休

先別說旅居，就光說旅行，有多少人要「左度右度」，製造諸多藉口給自己？當解決完一個，絕對會出現下一個藉口，更何況要大家「裸辭」，直接由暫時居留（旅行），跳躍到中長時間居留（旅居）。

絕大部分的「打工皇帝」都不捨得自己辛辛苦苦累積下來的工作經驗或者年資。如果沒有「後路」可退，更加不會「裸辭」，突然辭職，怎樣「養家」？但是已經捱了二十年，難道還要捱多二十五年才退休？很久以前聽過一句說話：「如果你想成為別人成為不到的，你就要做別人所不做的。」

我們身邊太多工作至六十歲才退休的人了，如果你跟他們走同一條路的話，我敢肯定你的將來也會像他們一樣，要繼續工作多二十五年。如果想盡早享受「自遊生活」，你應該要參考那些已在實踐著「自遊生活」的人的生活方式，而不是那些還在「捱骡仔」的人的生活方式！

運用所長 各地求生

在旅居期間，我們認識了不少途上旅人，他們當中原是 Banker、 IT 達人、在五星酒店做管理等等，他們都辭了本身工作上路。在他鄉，雖然都沒有他們以往的工種，但他們仍可以運用自己的工作經驗去幫助到自己現時的工作。

自遊人生
旅居藍圖

例如，一位以前在五星酒店做管理的朋友，便在泰國開始做 Airbnb 生意。正因為以前在五星酒店工作，所以現在做 Airbnb 時，特別懂得把酒店式的裝修運用到 Airbnb 內。另外，他對客人服務反應特別快和貼心亦是以前酒店訓練有功所賜，以致現在做 Airbnb 簡直得心應手，而且因為靚裝修和服務高質，性價比高，成功贏同行幾條街，長期 full booking。所以，別以為辭職了，以往累積下來的工作經驗便會浪費掉。

想要自由，又想賺大錢，咁自己做老闆囉！這個想法絕對是錯的！「自僱老闆」，不要以為他們很爽，他們才是正宗的「手停口停」。被公事纏身而缺少自己的私人時間，未能享受嗜好興趣的人生，好像有點悶，對嗎？

一直通關通關再通關

老套的一個比喻，人生就如玩大富翁，在地圖上一直邁進。看似很開心快樂？但如果要你餘下的人生一直在同一張地圖上轉圈式前進呢？是無限輪迴，是一直在同一地方，永無止境，想一想還真是可怕。

進入了職業生涯，不知是「生涯」還是「死捱」，爬所謂的「職業晉升階梯」，以為長江後浪可以推前浪？分分鐘七十後都還在輪候，八十後、九十後豈不是更加無望？雖然這不是所有人的寫照，但肯定是很多後生仔的心聲。

他們可以怎樣？觀乎這班職場後生仔，結了婚，供緊樓的，自然不作聲繼續捱下去；而單身貴族，又沒有供樓壓力的，則以消費減壓，「一返工就想放假，一放假便想旅遊」是常態。

觀乎鄰近各國，無地方能及香港人般去旅行去得如此頻繁，去得如此家常便飯。不能否認的是，撇除置業問題不談，香港人工資高，消費能力強，才可以支撐得起這種經常旅行的 lifestyle！但同時，這亦反映出香港人工作和生活壓力之大，令人不得不一有機會便出去呼吸口「新鮮空氣」，逃離鋼筋森林！

不是說工作稍一不順就應該往外地去，我們並非鼓吹移民。只是，如果你本身也想去外地闖闖，認識另一種文化，擴闊自己視野的話，何不放自己一個「悠長假期」，切實地去當地考察一下旅居，甚至考慮在那兒生活的可能性？

1.3

由「眾安街」
搬到「開源道」

從小到大，家長教師長輩，都語重心長的教導：「要勤力讀書，打份好工，安份守己，生活安定。」這些都是普羅大眾的共同認為安心的價值——眾安街也。但這本書不是為普羅大眾而寫的，是為一群很特別，很有自己想法，很想得到自由自在生活狀態的人而寫的，所以我們要一起由眾安街搬到開源道！講到明是「開源道」，就代表要放棄單一工作收入的想法，建立多重收入的來源！

看到「放棄」這兩個字，如果你即時有種危險訊號在你腦中閃動，覺得「亂職」將會帶來不穩定，不安心，手停口停等等的聯想，這就太好了！這顯示你是一個有「危機感」的人！危機感不是很多人都有的，而有危機感的人，通常都會思想敏捷，行動迅速，所以恭喜你！危機感正是你要搬到開源道的最大原因。

只有打工唯一收入來源

我自己曾經在 2002 – 2004 年時在銀行工作，那時正是香港經濟非常差的時間，不少人（特別是專業人士）都非常擔心自己份工不保。他們上有高堂，下有賴尿床，還有一層負資產的樓，如果連份工的單一收入也不保，就肯定會⋯⋯你用你的想像力吧⋯⋯

可是過去十多年（基本上是由 2004 年起），香港經濟都一直處於反覆上升的軌道上，年年加人工、挖角、跳槽等等，大家的人工三級跳，所以現時大家都變得極度依賴單一工作收入。如果好景繼續，那麼這風險不大。不過如果好景不常，那麼極度依賴單一工作收入就變得非常危險。

另外，很多人對多重收入的來源存有誤解，認為會經常收入不穩定。一時會收幾個月的人工，一時會完全零收入。這也是一個合情合理的推測。然而，如果你把「每月收入」的概念變成「每季／每年收入」，就可以把相對的「不穩定」，變得「平穩」一點。

佣金收入穩定嗎？

我自己曾經做過有佣金收入的銷售工作，當時公司也知道銷售工作的佣金會因為市況而有高有低，所以在出糧時，會把上一季的佣金，在今季以平均數發放，好讓員工可以有相對較為平均和平穩的每月收入。

遊人生
旅居藍圖

第一季 佣金獲得	第二季 佣金獲得	第三季 佣金獲得	第四季 佣金獲得
一月：15000	四月：20000 元	四月：5000 元	七月：30000 元
二月：5000	五月：20000 元	五月：50000 元	八月：30000 元
三月：40000	六月：20000 元	六月：35000 元	九月：30000 元
第一季佣金獲 得共 60000 元		第二季佣金獲 得共 90000 元	

這種方法叫 Rolling Average（動態平均法），好處就是可以把本來相對不穩定的收入，變得相對穩定。對於一些理財能力較弱的人來說，可以讓他們較平穩地接受薪金，不會因為今個月「好景」，所以使大咗，然後下個月又要勒緊褲頭。然而，如果你一向都是有效地處理自己的財務（例如經常有一筆應急準備金），基本上每月收入不穩反而對你問題不大，因為你已經是一個「量入為出」的人。

不過，作為一個「自由人」，真不應該完全靠單一收入，起碼應該有一部分是投資收益的收入，例如是投資組合的股息收入（Portfolio ／ Dividend Income）甚至是租金收入（Rental Income）。畢竟這些投資收益都是較為穩定，可以作為你多重收入的基礎。以下的圖表，假設投資組合收益為每月 25000 元。

每月總收入（多重收入總和）

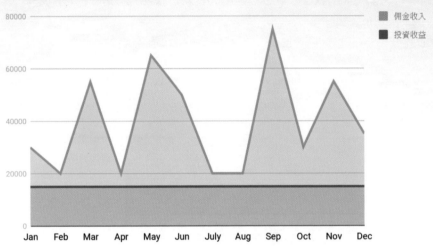

▨	佣金收入
▪	投資收益

有了投資收入作為穩健的基礎，就算你的佣金收入非常不穩定，也不會導致你財政上出現困難，引發資金鏈斷裂，要借錢過日子。

如果你再把 Rolling Average 這個概念加上去的話，就可以進一步把你本來所謂的不穩定的收入，變成更加穩定。（下圖假設了上一個季度的總佣金收益是 30000 元，然後在今年的一／二／三月，每月發放 10000 元。）

每月總收入（多重收入總和 + 動態平均）

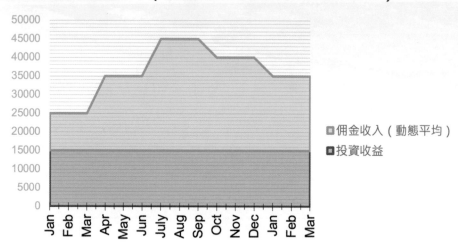

■佣金收入（動態平均）
■投資收益

投資組合收益基礎

其實如果你把多重收入看成為一個潮漲潮退表，你就會發現雖然是潮退，海面應該是處於低的位置，但總不會完全乾涸無水，而是有一定的海水在內，從下圖中，你會發現海水總不會低過 2.5 呎，而最潮漲時，最高的海面時 7.4 呎。那 2.5 呎的最低潮海面（在圖中的紅框顯示），就是你的投資組合收益的基礎了！再推進一步說，就算你之後有幾個月要去旅行，無時間工作，代表沒有佣金收入的話，你都仍然可以享受每月 25000 元的投資組合收益。

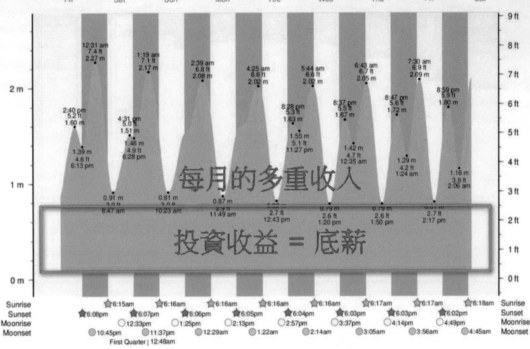

Hong Kong, China (max. tidal range 2.47m 8.1ft)
Times are HKT (UTC +8.0hrs). Last Spring Tide on Thu 03 Oct (h=2.33m 7.6ft). Next Spring Tide on Sat 12 Oct (h=2.11m 6.9ft)

每月的多重收入

投資收益 = 底薪

好了，現在得知道「收入不穩定」未必代表手停口停，而是只要我們懂得開源，由單一的工作收入，發展到多重收入源頭，再加上投資收益的收入基礎，「收入不穩定」這個詞就代表著你其實是「收入不穩定地高」！再推進一步，你可以把投資收益理解為「底薪」，然後其他多重收入理解為「佣金」，就更加容易接受「收入不穩定地『高』」的概念了！

自遊人生
旅居藍圖

活出真正的
Work-life balance

日本人「過於」認真

一些由東京移居到沖繩的朋友說，他們在東京工作時，都時常聽聞，甚至是經歷到身邊的人因為工作壓力大，而身體出現問題。最極端的，甚至會是「過勞死（かろうし）」。

2013 年的一套日劇《半沢直樹》紅透日本全國，引起日本國民的共鳴。只因此劇正正或多或少反映了：「為甚麼日本人對工作認真執著」的現象，充分地說明日人職場的生態現象。《半沢直樹》以當年日本經濟泡沫期作背景，90 年代日本經歷了經濟泡沫爆破之後，日本人都認為要加倍努力，對工作的認真執著，便可以重現之前的光輝（Former glory）。

川味的舒適生活

四川人一向出名識飲識食，他們的核心價值是「巴適」。巴適源於四川方言，巴是巴蜀，四川蜀國；適就當然是舒適，意思是指很四川獨特的舒服、合適、輕鬆無壓力。

為甚麼四川是舒服無壓力？因為四川是「天府之國」，整個四川的河水都是由喜瑪拉雅山的冰雪融化而流出來的，所以養分特別好，河流所經過的農田，「種乜生乜」，所以四川自古以來都未試過饑荒。正是因為食物產量豐盛和質素好，所以四川人都不需要太過勤力，剩下很多時間去磨練中國國技——「打麻雀」！所謂「少不入蜀，老不出川」，講的就是這天府之國，好山好水好吃好喝，少年入了蜀國，就會天天遊山玩水，消磨得失去了銳氣和進取心，沉溺在飲食男女裡。

有次跟一位被日本公司派到四川成都工作的企業高管傾談，他笑說：「日本總公司那邊對公司員工要求嚴謹，而且加班去搞定一件事是理所當然的，但四川人卻是未到收工時間已經開始收拾東西，準備放工。我就是這樣活在兩個極端的中間人，處於水深火熱之中，哈哈！」

為甚麼我要講日本的「過勞死」，但又講四川「巴適」？

無止境地工作

首先，我想各位先自我審視一下，是否 work-life balance？有沒有試過明明是 5 點下班，照道理應該 6 點就可以離開，但往往大家都搞到 8 點幾才鎖門走人？

以前我在銀行工作，這種情況屢見不鮮。我有時也在想，為甚麼要「搞咁

自遊人生
旅居藍圖

耐」？原來每當銀行關門之後，也有一系列「End of day」程序要去處理，如櫃位結算、為自動櫃員機補充現金、把收到的支票以電子形式傳到中央結算中心等等。

職場上的戰事結束，但第二場戰事才剛開始。原來大家在所有客人離開之後，女士把高踭鞋換成拖鞋；男士們則把西裝和領帶卸下捲起衫袖，把隱形眼鏡除下戴上黑框眼鏡。卸下武裝後，便去開杯奶茶飲，再食個遲來的下午茶，再跟同事開個吐苦水大會。大家放鬆一下之後，已經 7 點幾，再完成end of day 程序，剛好就是 8 點幾，合情合理，人際關係課做好做滿！

準時收工是美德

我老婆以前也是在學校工作的，最初她也會跟其他同事一樣，留到很夜才離開。最初跟我拍拖時，她的學校明明就是 3 點半放學，為甚麼要搞到 7、8 點才離開？當然回來的答案就是「改簿、出卷、備課、學生補課……」我建議她可以把這些工作在小息、空堂、和部分的午飯時間完成。

至於學生補課方面，為甚麼不能在課堂上把所有問題搞清楚呢？所以補課其實是可免則免。一方面你在浪費自己時間，要等學生來把你在課堂上已經講過的，再說一次，實在浪費學生時間。因為學生在放學後，都有其他體育活動或要補習，學生也有他的 school life balance ！

如果你的工作時間已經佔盡了你一天大部分的時間，那麼你根本沒有時間和空間去為自己著想。不少管理人員自己都是處於這個惡性循環，你被這些工作狂所管轄，又如何可以逃出他們的魔掌呢？況且，這些工作狂熱份子最懂得利用「讚美」（留意，是「讚美」，不是「讚賞」！）去鼓勵你

跟他們一樣無止境的拼搏。不少人因為喜歡被人讚美，而墮入免費加班的圈套。我鼓勵你們遇到加班的時候，真的要去爭取「讚賞」，而非「讚美」。「讚賞」的重點在於「賞」！若然沒有額外經濟利益而加班，那麼就要盡快把手頭上的事情辦好，然後準時離開工作場所，活出真正的 Work-Life Balance。

其實歸根究底，為甚麼我們會忙得喘不過氣？一是因為你被「讚美」，本來不用你做的，也突然之間「關你事」。第二，就是你沒有專注你手頭上的工作，左顧右盼的分心，使你本來可以在短時間完成的差使，變成沒完沒了！

建議工作時，要跟日本人一樣，認真和快手快腳地把差使辦好。工作完成後，就要跟四川人一樣「巴適」，活出自己真正喜愛做的事。這樣才會令你有動力去發展你真正喜愛做的事，然後再進一步變成為你提供多重收入的「副業」。

簡單來說，我這裡就是叫你把「正職」當成「副業」。把「副業」當成「正職」！

Case Study

沖繩最有特別意義的民宿

近年因為民宿興起的原因，日本沖繩不少本來是空置的房子都被改為民宿。的確，民宿比起酒店是完全兩種不同的旅遊經歷，酒店一般都可滿足 tourist 的需要。但如果你是一個想深度遊的 traveler，那麼民宿是一個非常好的平台，讓你真正走進當地人的生活中。

遊人生
旅居藍圖

平良尚紗小姐也是一位 Traveler，她年紀輕輕，但已經用了 10 年時間來遊走遍全球 40 多個國家，當中包括在 2010 − 2011 年時，在香港工作過一年時間。在幾年前，於澳洲遇上一個同是來自同鄉沖繩的男孩，2019 年一起回到沖繩結婚，展開新的生活。

平良尚紗的正職是教學顧問，她主要是介紹在日本的學生到澳洲、紐西蘭、加拿大、美國、英國等地留學。不過她的工作主要是聯絡在海外的學校，跟他們聯繫接洽。正是因為那些海外學校有時差的關係，她反而可以容易把工作快速完成，騰空時間去發展她的「副業」。

一向以來，平良尚紗四年來都有為她的父母管理一間客房，用作招待客人之用。所以結識了不少外國的 Travelers。現在她又有機會為另一間更大和全新的民宿在網上平台招攬來自各國的家庭客人。這個全新的民宿叫「Michelle House」，全屋有兩層，而且是獨立屋（日本叫「一戶建」），剛剛在 2018 年 12 月才開幕。地點非常近沖繩最大的購物商場 —— Rycom Aeon Mall。由於這間民宿的地點在半山位置，朝正東邊，所以每朝早上都可以從水平線上看到日出！不過這些賣點都不是這篇文章的重點，反而是平良尚紗管理這民宿背後的很有特別意義的原因和理念！

平良尚紗在機緣巧合的情況下，認識了大田弘美女士，她是一間沖繩大型洗衣店的創辦人。她一向以來都是向酒店和餐廳提供洗衣服務。大田弘美女士也有一些員工為有特別需要的傷殘人士和弱勢社群。平良尚紗小姐和大田弘美女士認為，可以讓這些特別需要的弱勢社群，嘗試在民宿負責清潔和整理的後勤工作，所以她們便合作，開了這一間別具意義的民宿。平良尚紗和大田弘美發現原來他們工作非常認真和表現優秀，所以便用這間 Michelle House 來讓他們多賺一點生活費，同時也幫助他們更進一步融入社會。

其實香港也有一些餐廳或 Cafe 是由 NGO 或社企經營，員工都是有特別需要的人士，我們在香港時，也會特別去這種 Cafe 幫襯。不夠膽説味道一定比起其他餐廳好很多，但卻是很有人情味的。例如員工是天生聽障的，我們客人去表達謝意時，不用言語，但一個點頭、一個眼神、一個微笑，就已經是盡在不言中了！下一次大家去沖繩時，不妨試試這一間有特別意義的民宿，或許你在享受到日出美景之餘，又可以幫助當地的弱勢社群，讓他們的生命變得不一樣！

1.5

培養「地域自由」的
能力

「瓣瓣都掂」其實真的不難理解，即是一個人可以在很多方法都可以「搵到食」。

瓣瓣都掂大致上可以分為兩種：「多才多藝」和「一藝多賣」。

周身刀 把把利

就像是一間綜合企業，有各式各樣的生意，每樣生意都可以為公司搵錢，用一個貼地一點的例子，就好像是一位裝修師傅，由星期一到星期六都開工，無論水泥，水電和木工都可以接，然後到了星期日，就入馬場，用他的投注方式，加上注碼控制，贏得一定水平的獎金。

又或者是一個在廣告公司工作的 Designer，每當假期，就會當婚禮攝影師，除了本身的正職外，也有其他 Part-Time 收入。不過多才多藝的首要條件，是你必須是一個真正多才多藝（Multi-Talented）的人，意思即是你的「藝」已經去到可以搵食的境界。而且也有非常好的時間管理，加上健康的身體和足夠的體力去應付各種不同的「項目（Projects）」。

一藝多賣

「瓣瓣都掂」除了是多才多藝之外，也可以是一藝多賣，即是把自己的能力，在不同情況下賣給不同的客戶，去獲取很多收入。例如一個學校老師，可以在學校的正職收入以外，也可以在工餘的時間去幫其他校外的學生補習。我認識不少平面設計師都在自己的正職範圍以外，都有「接 job」，這些類型的例子實在多到不得了！

實質跨地域

「實質跨地域」就是你必須要跟外地的客人有直接的交流溝通和聯絡。例如你是一位髮型師，去到外地也是要「落手落腳」的幫當地客人設計形象和理髮。這意味著你必須要懂得當地的文化（喜好和禁忌）和語言。

例如在泰國，因為氣溫較熱，所以人客一進店，第一件事是先洗頭，用意就是讓客人感到涼快，然後才再剪髮，整個過程需時最少 45 分鐘。

在日本，因為人手和店舖地方不足，很多髮型屋都轉型成為「快剪」，在 10 分鐘內，髮型師先用水壺噴濕你的頭髮，再快速用電剪，最後用吸塵機把髮碎清理。

在英國，一些髮型師會向你推介某些名牌洗髮水和護髮素，當然要額外收費，美其名是「增值服務」，但在我們看來，可能是「借機會搵多啲錢」！

然而，各處鄉村各處例，沒有一定是我對你錯，反而更要入鄉隨俗，靈活變通。

遊人生
旅居藍圖

「實質跨地域」的技術很多都會是「以人為本」的，例如是美容（在外地的髮型屋工作）和飲食（在外地開港式茶餐廳），又或者是派駐外地的媒體或記者等等。這種「實質跨地域」的工作其實不多，因為外地也可能有政策去保障本地人優先就業，如果一個老闆要從外地招聘人手到自己國家工作，很多時候他都要先向政府有關部門證明他已經在國內招聘了一段時間，依然未找到適當人選，才獲批准向外招聘。不少外國的中小企都未必會有心力去跟政府部門斡旋，寧願簡單的請「自己人」算了。

但相反，對於一些人口老化嚴重的國家（如日本或北歐國家等）來說，因為自己勞動人口不足，所以必須要「請外援」。日本在醫療護理人員方面嚴重缺乏，特別是一些要照顧老人家工作的護理人員，幾乎是供不應求。所以日本也有政策向鄰近地方輸入有相關護理牌照的人才，現時有不少菲律賓籍的護理人員，拿著工作簽證在日本的醫療團體服務。

虛擬跨地域

另外，「虛擬跨地域」反而是我們真正想提出的！現時互聯網的科技，已經發展到無論你身處何方，都一樣可以處理你的工作，只要一部手機（或一部手提電腦），再加上穩定的網絡連線，就已經是一個個人虛擬辦公室了。

例如我們現在寫文章，獲取稿費收入，但我們本身並不需要「人在香港」。又例如我們投資香港股票市場，也只是需要一部電腦，就可以遙控操作。現在這種「虛擬跨地域」的工作模式，叫「數碼遊牧民族（Digital nomad）」。不少軟件工程師（Software engineer）由於都只是在電腦上

工作，工作會議也可以在網上舉行，所以不少西方國家的軟件工程師都搬到東南亞（泰國普吉島／印尼峇里島）等地方居住。但他們的公司總部卻是在美國或歐洲。

再來一個極度離地的例子：我十年前跟過一位炒期指的師傅，他經常說炒期指的好處，就是可以抽身搵食。他曾經在郵輪上度假時，也可以在郵輪的甲板上打開電腦，然後用著「玩遊戲」的心態去炒期指。他笑說，他的朋友在郵輪的賭廳賭錢去尋求刺激，但他卻可以在同一郵輪上炒期指賺錢。

好了，把兩種模式加起來，就是「無論你身處何方，都一樣可以有很多方法搵到錢（又或者是錢可以搵到你！）。」這豈不就是「財務自由」再加「地域自由」？

如果你有這個能力，你還會過了下班時間，仍然坐在辦公室扮工，等老闆離開公司後才敢離開嗎？

無論你去到哪個地方，都可以「搵到食」生存，當你達到這個境界後，再下一步就只有衝出地球太陽系，達到銀河系了！

自遊人生
旅居藍圖

投資達人愛大海 由京阪移居沖繩

我們住在沖繩一段日子後，發現日本有股逃離東京大阪的熱。住了在沖繩一段日子，開始認識了更多日本朋友，發現原來當中所認識的，不少是來自東京大阪的朋友。他們不是來旅行，而是已經從東京大阪遷移到沖繩定居。鈴木健介就是其中一位我們在沖繩認識的東京人。

我們第一次見到他，是在為朋友建土屋時，大家那時也是來做義工。不過，鈴木先生樣子官仔骨骨，一點也不似會做粗重工作的人，心想為甚麼會來這兒和我們一起建土屋呢？加了他面書好友後，竟然發現他每天的面書更新就是去「調理農務」，和我們喜歡的生活非常近似，究竟他為甚麼要從東京移居到沖繩來呢？家人支持他嗎？

今年四十二歲的鈴木先生說，真正搬來沖繩之前，已經來過這兒旅行二十多次，每次也為這兒的一片海所吸引。雖然每次都只是來旅行，不是長住，但好喜歡沖繩。不過，身邊總有朋友潑他冷水，認為旅行時喜歡跟真正住下來生活是不一樣的。但是鈴木先生覺得住了在沖繩兩年，沖繩跟自己的想像完全一樣，住下去更發現這兒空氣清新，能經常親近大自然，非常讚！

自己喜歡，家人又認同嗎？他的太太鈴木天海說：「當初聽到他說要搬來沖繩前，我也叫他要細心考慮。我們用了六個月時間討論了很多東西，包括小朋友的教育和將來、離開祖父母後的不便等，但是我知道先生真的很喜歡沖繩，所以最後我也支持他，一起搬來。」作為媽媽的她，搬遷前最

擔心是家中三位小朋友的學業，但是來到沖繩後，他們把家中三位分別是
十一歲、九歲和七歲的寶貝送到 Okinawa International School(OIS) 讀書，
發現國際學校內的同學大都是來自五湖四海的，習慣了轉換新環境，容易
認識新朋友。不用幾天，家中的三位小寶貝就融入了新環境，鈴木太太的
擔心亦全消！雖然祖父母不能再住在旁邊，六日不能常常見，幫他們湊孫，
但是「分開加倍念掛」，這樣的距離反而令他們，以及孫兒更珍惜祖父母
來探望的時間呢！

問鈴木先生他以甚麼維生，原來他之前是在東京做生意的，但兩年前把生
意賣掉，然後在香港的投資公司買入了有穩定回報的基金，又在杜拜買入
一些單位收租，財務自由的鈴木先生，就用時間去「調理農務」。另外，

自遊人生
旅居藍圖

鈴木健介又是攝影發燒友，他原來已經出版了 20 多本沖繩旅遊影集。這些影集全都是以電子書方式發行，每本只是約 300 － 900 日圓不等（大約 20 港元－ 63 港元），不用他去擔心印刷或存貨這些繁瑣的管理，也為他帶來每個月一些 Pocket Money。

鈴木健介

+フォロー

フォローすると、最新刊やおすすめ作品の情報を入手できます。

¥980
Kindle版

¥390
Kindle版

¥290
Kindle版

¥290
Kindle版

強化寬鬆收入

2.1

財務自由的
迷思

很多人都想中六合彩、中3T，一夜之間迅速發達，包括我！不過這並非「財務自由」的定義！戶口有八位數字（千萬身家），絕非代表你已經是財務自由。反而不少人因為中了頭獎，最後導致破產收場！為甚麼呢？

原因很簡單！因為絕大部分人都沒有分清楚資產與負債的分別。不少人因為一夜之間發達了，就馬上買名錶、豪華跑車、遊艇等等的奢侈品。但是這些奢侈品買回來後，「手尾可以好長」：名錶一買就貶值、跑車要有保衛安全的有蓋停車場、遊艇更加要入遊艇會，泊位費和高昂的保養費用，才可以繼續「持有」這些奢侈品。不經不覺，這些奢侈品會把你的頭獎耗盡，甚至「蝕入肉」，最後資不抵債，繼而破產。

所以財務自由的關鍵，並非擁有好多錢，而是持有資產！

發咗達 ≠ 財務自由

記得早在 2000 年時，在拜讀《富爸爸，窮爸爸》英文版一書時，裡面說明了何謂「財務自由」：有兩 passive income（被動收入），一種就是 rental income（租金收入），另一種就是 portfolio income（股息收入）。還有更重要的，就是 invest in cash flow（投資現金流）！

簡單來說，財務自由就是指你無需再努力工作為錢生活的境界。這意味著你有資產去產生被動收入（passive income），而這個被動收入至少等於你的每月的日常生活開支。假設，每個月你家庭的使費開支是 5 萬元，而你從收租或收息的每月收入也有 5 萬元，那麼，你就已經達到了財務自由名義上的意思了。

「唔係有一層樓揸手就唔使憂」

然而，這其實只是財務自由的最低門檻。因為你還需要考慮未來的通脹和應付不時之需，要有額外的儲備和現金流。所以即使你每個月家庭開支是 5 萬元，而每月的被動收入也有 5 萬元，你其實只是「掹掹緊」，如果遇上突發事件，那麼你可能會較難應付。

所以較為安全的狀態應該是被動收入是每月支出的 1.5 倍。即是如果你每個月家庭開支是 5 萬元的話，而每月的被動收入要有 7.5 萬元。額外的那 2.5 萬元現金流，你可以再投資或放入家庭儲備基金，以備不時之需。

其實如果你可以用物業或者收息股，甚至是債券或債券基金，每月收取利息，那麼這已經是非常好的方法去達到財務自由。可是這只是財務自由的

自遊人生
旅居藍圖

其中一個範疇。另一方面，其實你也可以從開源節流的方向，看看怎樣減少支出，好讓自己可以進一步達到開支少於被動收入。

香港很多家庭都是雙職父母，說得好聽點，就是有兩份收入，但實際上是兩夫婦都專心搵錢，沒有人負責理財！對於大部分香港人來說，如果能夠有 rental income（租金收入），當然是非常理想！但這並不是每個家庭都可以做到，很多家庭連自住單位都未「上車」，反而成為別人 rental income 的來源呢！不過股息收入就相對容易，而且當你運用得宜時，更可提升整體家庭的收入，助你更快達到你的財務目標。

財務自由有甚麼好處？

1 — 靈活運用你戶口閒置資金來收取股息，可以使你的家庭每月／每季收入提高，有更多資源去實踐你想做的事。

2 — 很多時候，我們都會忙於工作，根本沒時間去打理自己所賺取的金錢，如果你能使自己的財富慢慢增值，未來將會有更大的現金流。

3 － Invest in cash flow（投資現金流）跟 invest in capital gain（投資賺差價／炒股票）很不同！投資賺差價要經常留意市況最新動向，並不是每個人有這時間，但投資現金流卻是簡單的等待上市公司按時派息，相對簡單和容易，也可以讓我們騰出寶貴時間去做其他自己喜歡的事！

4 － 當我們掌握了如何創造 Portfolio Income 後，其實也幫輕了整體的財務壓力。遇到老細話要加班時，可以昂然去 say no，捍衛應有的家庭時間和自己的 quality time！

5 － 有了股息收入，也可以讓自己在職場裡有機會短期休息，甚至放一個悠長假期，而不用擔心「手停口停」！

6 － 如果有創業的機會，股息收入也可以作為家庭開支的部分支柱，passive income 就像是後衛一樣，讓自己可以專心向前闖，提升自己成功機會！

7 － 收取股息，其實就是與上市公司合作做生意，上市公司賺到錢會分一杯羹給你，這個想法，就是不勞而獲，想起都開心！

8 － 股息收入的增長，隨時可以代替你的工作收入，屆時，你就可以劈炮唔撈，隨心生活，想做甚麼，就做甚麼。

自遊人生
旅居藍圖

2.2

有樓收租
享受現金流

香港人工作辛苦，生活壓力大，一返工就想放工，放工後就開始想放假，一放假就自不其然想去旅行。想像一下，遠離香港、遠離「老細、下屬、同事、客人」這四大魔王，然後在一個異地國度，開始自己的新生活，將會是甚麼滋味？

自行產生的現金流

早在《佔領資產》時，已經介紹過這種「瀟灑旅行大法」，這方法讓你不用請假、不用辛苦儲錢，也可以玩完又玩、去完再去！

我認識一對年約 60 多歲的夫婦，他們已退休，子女皆已長大成人，現已供完自住物業，還有三、四個物業收租，每個月只計物業收租也有幾萬元收入。他們用這筆租金收入到處旅行，花光後又有下一個月的租金可以繼續玩。與此同時，他們每到一個地方，除了飲飲食食外，還會投資當地的房地產，實行「玩完又玩，資產生蛋」。

我們可以看見，這對夫婦在環遊世界的同時，其資產還是會繼續替他們產生收入，這種「零」負擔的旅行方法亦同時增加其他投資機會，財富不斷增加。相反，我認識不少中產人士，他們不擅投資理財，只懂辛勤工作儲退休金，卻經常說等退休後便可以環遊世界。然而，當他們真正得以退休時，即使有幾百萬元退休金，我敢斷言他們是沒有膽量拿來環遊世界。他們不懂趁年輕時通過購買資產來產生收入，將來只能一邊驚一邊慢慢「搣」那筆退休金。

現在回看，覺得有物業收租，只是其中一種方法。幾年前曾經拜讀 Starman 兄的《現金流為王》，當中我得到的啟發，就是不一定要有物業收租，其實只要是穩健的資產，「定時定候」有穩定的現金流，都可以做到「千金散盡還復來」的效果。

講到不同的資產生產工具，最簡單直接的就是物業。有樓收租的好處，我已經全部寫在《佔領資產》一書中。作為一個地域自遊人，其實有樓收租，也有其缺陷。這也是我們所經歷過的。

一：物業維修

遇上租客有甚麼要修理的，租客通常都會第一個聯絡業主，作為一個好業主，應該馬上回應。例如壞了冷氣，你總不能等你有時間才去處理吧。人家晚晚都要熱辣辣的睡覺，可能租客的 BB 整天晚上也熱得不舒服，使到一家人都睡得不好，自然心裡咒詛業主。所以作為一個好業主，親身去「服侍」租客，才可以與租客建立長期健康的關係。

自遊人生
旅居藍圖

二：租客退租

如果租客長期穩穩定定的為你交租金，你當然可以舒舒服服做個輕鬆業主。然而，要明白，每個租客都有他們的轉變。如果你的租客家庭成員增加（生了BB），又或者是家庭成員減少（仔女嫁娶了），都會對你的收租物業有變數。

最麻煩的就是當租客退租，你要處理退租事宜，例如是要檢查物業然後退回按金。把損壞的地方修理，或者是輕微裝修一下再出租等，都是要你親身去處理才較為划算。你也可以找一些物業管理／代理公司也會代你執行，但人家都要食飯出糧，如果要代你去處理這些，當然要有收費。

三：重新招租

如果本人不是在香港生活，其實是很難知道租務市場最新的一手狀況。雖然說可以從網上得知有關資料，可是這些都是滯後數據。真正的市場資訊其實是需要跟好幾間相熟的代理行交談，才可以得出市場概括的情況。

在難以得到這些最新的市場資訊的情況下，會容易發生市場錯價的情況，即是你租平了，變相減低了你的回報。又或者是你的租金高出市場價格，長期沒有人願意出價還價，導致物業有空租期，影響你的回報。另外，如果物業代理已經為你找到新的租客，那麼簽約的事宜，又是一定要你在場。如果為了這些繁瑣的文件，而要買機票返香港特別處理，那麼這就是時間和金錢上的損失。

所以，如果你是以物業收租的方法去旅居，那麼你還是把物業交給有租務管理的物業代理替代你處理這些繁瑣的事。雖然是要收取服務費，但對於你的時間和心機來說，也是值得的。然而，除了有物業收租之外，還有甚麼其他的方法，可以使你長期在外旅居同時定期得到現金流，我們在下一章節再談。

遊人生 旅居藍圖

2.3

長期旅行
當正職

上一篇說到,如果有物業收租,當然是好事,但是也會有其「困身」的時刻。現在,我們已經跳出了香港五年,漸漸發現有很多工具都可以達到同樣效果。只要掌握當中竅門,其實要長期旅居海外,又不用擔心財務壓力,是完全有可能的。

首先當然就是要懂得為自己建立一個會「派息」的資產組合。可以是買股票、債券或基金等等,這些都是在固定時候、在你不用管理的情況下,派出現金,作為你在旅居時所需的生活費的一部分。

食米唔知米貴?

至於怎樣去選擇才是最好?其實選股有如買餸!有些家庭主婦都會街市或超級市場買餸,也有些家庭是會由工人姐姐代勞。不過,親自去街市或超級市場買餸的家庭主婦,才會是最清楚街市行情的!

當我想買橘子的時候,用手輕捏一下。果身較硬的是代表未成熟,軟硬適

中的是剛剛好可食用，較軟的可能代表過份成熟。作為精明的買手，自然就會選擇合適自己家庭的，不是說過於成熟或生澀不好，而是每個人都有適合自己的選擇。要自己親身下場才會體會得到這種「樂趣」。

今日的菜心生菜比起昨天是貴了還是平了？未來會有颱風襲來時，農夫都會預先收割，去減低打風的農作物損失。這樣會使到在市場突然同一時間內出現很多菜，價格就自然會下調。可是，當打風過後，因為農作物已經提前收割了，新的菜苗又未可以供應市場，菜價就會上升，因為菜販要由外地的農場入貨。

選股也一樣，在市場不同的氣氛之下，資產價格（股價）有時會貴，有時也會平，但你一定要在市場留意一段時間，才可以知道哪個價格是「貴」，哪個價格是「平」，因為這一切都是相對的。

自遊人生
旅居藍圖

但如果你一向都是請工人姐姐代勞到街市或超級市場買餸，那麼你對那些菜心生菜的價格敏感度會較低，甚至是沒有，因為這個資訊你根本不會去留意。畢竟工人姐姐只是運用「公款」去為你買餸，她也很難會為你去「格價」，看看哪個菜販賣的菜價格較為「平」，哪個菜販賣的菜質素較為「好」。這就有如你去買一些「派息基金」，讓基金經理去為你選股，然後再每月或每季派息給你。在地域自遊人的角度來看，你的「基金經理」就是你的「工人姐姐」！所以其實你不一定要親自「落場」去買餸，也可以請「基金經理」代勞，買入一些「派息基金」，這是一個成為地域自遊人的其中一個捷徑！

可是正如你的「工人姐姐」一樣，「基金經理」也是需要支付他的「薪金」的，就是以基金管理費內收取。所以如果你有信心，其實是可以親自「下廚」，增加派息的回報，做一個百分百的「地域自遊人」！

減輕「收租佬」的麻煩

其實，地域自遊人是可以擁有一套無痛的選股法。你已經要去處理旅居生活這些繁重的事務，根本無時間可以跟專業人士相比去詳細研究每隻股票，但是透過日常生活的常識，可以參透不少投資的點子，在乎你有沒有用心去把握你已經擁有的簡單知識，去成為你的踏腳石！其中一個就是把「收息」和「收租」的概念結合，那就是買入房地產信託股（REITs）。REITs 的全名是「Real-Estate Investment Trusts」，簡單來說即是「收租佬」公司！當你買入房地產信託股時，就代表你間接持有物業。因為房地產信託股一定要把最少 90% 的可分派收入來派息。

持有房地產信託股的好處，是把一切作為一個「收租佬」的麻煩之處減免（正正就是上一章所提及的！）

例如，你不用親自跟租客談判合約，又不用親自招商和找租客，這些要用很多人力物力的事情，你一一可以不理，因為房地產信託公司會有專業人士去為你代勞。另外，通常買物業都要向銀行借貸，可是以一己之力，很難可以借到大額貸款。不過，如果是用一間上市公司去借錢，那麼無論在額度和貸款利息方面，多比用自身力量去借更有優勢！簡單來說，就是房地產信託公司會為你提供槓桿，使你有更好的回報！

在眾多房地產信託股中，最為人所熟悉的，就是領展房產基金（0823.HK）。領展房產基金在 2005 年 11 月上市，當時的上市價是 10.3 元，2020 年初，領展房產基金已經超過 80 元，未計算其收息的回報，股價上差不多已經有 8 倍的收入！

遊人生 旅居藍圖

其實領展房產基金在 2004 年第一次招股時，當時因為司法覆核的關係，所以未能順利上市。但這一點，正正就是領展房產基金最吸引投資者之處！

著名基金經理 Peter Lynch 也曾經說過：「Whatever the Queen is selling, buy it.」這是因為每當政府要賣資產時，政府並不會把資產價格定得太高，反而會使其資產價格稍有折讓，好讓投資者有「水位」去賺錢。

其實香港還有很多房地產信託股可以選擇，例如置富產業信託（0778.HK）和泓富產業信託（0808.HK）等等。

千萬不要以為這是很複雜的投資概念。要知道，不少退休人士，其實都是以收集這些房託股來過一個輕鬆豐盛的退休生活。我建議可以看看曾智華的《快樂退休》和《有盈退休》。當中也提及很多關於退休人士的優質股票選擇，相對的風險都較低，但是在經濟不同週期下，也有不錯的表現。

如果你已經擁有一定的「被動式現金流（Passive income）」，那麼你在旅居時，就可以有 peace of mind 去開始你真正想過的生活，又或者是先來一個大休息，都可以有足夠的彈藥去「燒銀紙」！

賣樓套現?
賣了就沒退路

「我有層樓在香港,應否賣樓套現?」是很多想移民或移居的人間的問題。

現時不流行連根拔起式

早在 80 年代末,香港的移民潮已經開始,當時我也有家人和親戚在英、美、澳、紐、加等西方國家。他們都是「連根拔起式」的移民,即是把自己在香港的絕大部分資產都賣出套現,然後帶到外國。

現在的情況跟 30 年前非常不同,因為中國崛起的原因,使到亞洲才是全球經濟最有活力的地方。相反,不少西方國家,特別是歐洲,現在陷入結構性的經濟低潮。基本上整個歐洲,就只有德國一個支撐大局。本來英國也不錯,可是 2016 年的脫歐公投,把英國的經濟(和政治)都帶來很大的不明朗因素。美加方面,其實也是被中美貿易戰而牽一髮動全身。幸好澳、紐兩國是資源國,相對影響會較少。

遊人生
旅居藍圖

然而，如果你要選擇連根拔起，除非你真的認為自己可以在短期內勝任在他國的投資，否則你都應該按部就班，一隻腳在外國搵機會，另一隻腳在香港留守等待，穩守突擊。

始終要有樓揸手

其實我們建議先採取「以租養租」的方法開始到外國旅居。好處是你在移居或旅居的初時，未必一定知道自己的喜好。

我們在泰國遇過一些香港人，他們一家人剛剛到達泰國曼谷生活。最初去睇租盤，有一間獨立屋是有私人泳池的，他們說一直都想有個私人泳池讓自己和孩子可以游水。但當他們住了兩年這租盤之後，就馬上要搬去另一個沒有私人泳池的租盤，原因就是那個「私人泳池」的管理極度麻煩。不單止每天要在泳池表面清理樹葉，每個月也要特別請人去檢查水質，見到他們把很多藥水和化學物品倒落水，嚇得連自己也不敢在裡面游水！

其實我們在香港這個大城市成長，一口氣未必習慣「由城入鄉」，也需要時間去適應。不少人「以為」自己喜愛寧靜的生活，所以選擇了一些偏遠地方居住落腳。長時間居住下，他們很快發現這些地方交通極度疏落，生活所需要的必需品都要長途跋涉的到其他地方購買。還有，他們本想寧靜，但去到鄉郊地區，每晚都是蟬聲交響曲，開燈就見飛蟻飛蛾在圍著跳舞，還有壁虎在表演爬牆功，這些都是城市人要適應的。

所以我們建議在旅居或移居的初期，最好都是「以租養租」，盡可能用自己香港的租金收入，去支持自己在外地的租金開支。比起世界上很多地方，

我們香港的租金相對豐厚，同一樣的租金，在外地可以租用質素較高的租盤。又或者是把香港的租金收入，一半拿來租用外國物業，另一半拿來幫補生活（例如是當作孩子的國際學校學費等等）。

好了，如果你在香港沒有物業，應該怎辦？

股票收息更可收租

二十年前，拜讀過德國股神科斯托蘭尼的《一個投機者的告白》系列，當時我年少無知，但我卻清楚記得科斯托蘭尼是怎樣描述他的工作。就是只要一個電話、一個收音機、可能再加多一份報紙，就可以賺錢獲利！這一點對於我這一個初出茅廬的年輕人來說，真的很有吸引力！因為那時我剛剛在銀行上班，負責售賣投資和保險產品，每天在「四大天王」（上司，

下屬、同事和客人）中穿插走位，日日跑數，辛苦為份糧。

有時我跟客人做不到生意，就會跟他們吹吹水，因為我始終相信，三人行必有我師，我未能做到你的生意，代表我未準備好自己，所以我都會把那些 Sales Materials 都放在一邊，將心比心，坦誠聽聽他們的。就是這種放下裝甲，輕鬆交談時，認識了我的期權啟蒙老師鍾先生。在閒談中，他透露用 Strangle 和 Straddle 搵了不少外快，而且風險有限，本少利大。雖說鍾先生是我的期權啟蒙老師，但他卻不知道自己是有這個身份，而他就只是介紹了這兩個英文字給我，就到此為止了。當時的我很好奇，真的有這麼「著數」的事嗎？及後我自己上網研究 Strangle 和 Straddle 這些期權策略，也把我帶入了這個「期」幻世界，哈哈！

期權先生的《期權現金流》，正正就是談及自由自在的享受現金流，這很合適工作上時間比較自由的朋友！其實期權操作並不需要你很多時間，我個人認為，期權操作不單可以使你增加收入，更是你邁向財務自由的一套修煉功法。如果你已經有充裕的資金，除了可以投資股票享受增值和收息外，還可以把股票當作物業般收租！書中的 Covered Call 正是這樣的一個套路。

這本書的第一個主旨，就已經說出，單靠股票升值時贏錢是不夠的，現時的金融市況比過往任何一段時間都複雜，市況波動性強，但很多時候都未必一定有清晰趨勢或方向，若能在市況牛皮時，利用期權增加股票組合給你的現金流，是累積資產的一個非常有效的方法。

其實懂得操作期權的人，都不難達到「四大皆空」的境界，就是沒有上司，沒有下屬，沒有同事和沒有客人。要的只是一部手提電腦（或智能電話），你可以在沙灘上或郵輪上落盤，不但是「財務自由（Financial independence）」，更加是「地域自由（Location independence）」，最重要的，是可以把所有空餘出來的時間，去投入你的興趣，與家人享受天倫之樂，跟朋友把酒當歌！

外地投資的
風險管理

我們幾乎每星期都收到一至兩篇電郵,問我們關於泰國和日本置業的問題。他們可能已經參加過一些海外物業研討會,內心已經有了決定,只是還是有點猶疑,所以就來問我們。對於投資海外物業有甚麼好處,這裡不會浪費時間去交代,因為不少海外物業投資中介人已經做了非常卓越的工作。在此書反而是想用一個住在海外的香港人角度,去冷靜理性的看看一些大家容易忽略的盲點。

今日先跟大家淺談投資外地的風險及資金應對。當中最要留意的,有以下五點:資金流動性、匯價匯率、政策風險、資產管理和風險管理。

資金流動性

我相信大家都明白,投資物業資金的流動性相對較低。加上如果當地國家的貨幣是有外匯管制的,在這兩個因素下,你要明白這筆資金將會被鎖死一段時間。不過,既然是投資物業,就預了資金的回報期是較長遠的,所以這其實不是甚麼大問題,所以問題主要是外匯管制。

不要以為外匯管制只是限制你的錢離開該國家，近年各國打擊洗黑錢運動越來越嚴謹，很多時候把稍為大額的錢存入該國家，都要審查一番。例如日本就是其中一個對洗黑錢法例非常嚴的國家。

在日本，一般長期居留簽證都很難開商業銀行的戶口。我自己初到日本時，去到一間商業銀行想開戶口，用來繳交我兩個兒子的學費之用。但他們說我入境後的首六個月都不可以在他們那裡開戶口。我非常驚訝，我以為只是這一間銀行是這樣。然後我們到許多其他銀行嘗試開戶口，也是一樣的結果。銀行跟我們說，這是日本政府的規定。最終我問了其他朋友，他們建議我去日本郵政銀行開戶口。但是日本郵政銀行是不可以接受海外電匯存款的。

自遊人生
旅居藍圖

我自己以前也在銀行工作過好幾年，深知道每個來開戶口的都是「客人」，因為他們會投放他們的資金進去，那麼就自然可以「有生意做」。我們當時對待每一個開戶口的客人猶如貴賓一樣，有免費茶點，又有迎新紀念品精品（有銀行標誌的水晶座）。但是我們最初在日本開戶口的經驗，是完全超出我們的期望，因為當時我們還未明白，為何日本人會「有生意都唔做」，哈哈哈哈！

另外，在日本（和台灣），當你開銀行戶口時，你一定要有「印鑑」。我初時不知道，原來要先花好幾千日元，再等兩個星期，把印鑑做好之後，再可以去開戶口。因為在日本（和台灣），印鑑就等於我們香港人的「簽名」。幾乎任何在銀行櫃位的操作，都需要有印鑑才可以執行。在香港，每次簽名之後，銀行職員都需要做 signature verification，去確認簽名的人正是其人。但在日本，最奇妙的是，他們非常認真地去認印鑑，反而不太去認人！事實上，在銀行的「印鑑」和「簽名」，經常是香港人和日本（台灣）人的互相說笑話題。

另外，人民幣正逐漸走向國際化，距離自由轉換人民幣的日子應該不太遠，可能只有幾年時間。想深一層，這其實並不是很長遠，因為就算你今天在香港付了首期買了一層樓，五年後你都未必會把樓賣掉，拿回首期的本金。再者，如果你資金要五年內拿回來用，那麼還是股票和債券會對你較適合。

匯價匯率

近年美元因為加息周期的原因，導致多國貨幣相對美元來說都下跌。很多投資了日本及澳洲物業的投資者，雖然物業價格有所上升，但卻被貨幣貶

值抵消了回報。另外,也有一些國家,因為地緣政治因素,本身的貨幣一沉不起。

例如英國,在 2016 年脫歐公投之後,英鎊便一直弱勢。2019 年 Boris Johnson 取代了 Theresa May 成為英國首相之後,被市場認為硬脫歐的機會大增,引伸英鎊繼續波動。如果要考慮把資金停泊在外國貨幣,最好先比較一下是否比停泊在港元及美元更好。如果你本身已經是持有該國貨幣,那麼投資到該國貨幣資產(例如物業),不失為另一個有 upside potential 的出路。

另一方面,就是海外的資金調動。要知道,香港是資金自由港,一切資金進出都是非常自由的。然而,並不是每一個國家都有如此優厚的金融系統。很多國家對外來的資金都會問長問短,要求你清楚講述資金的來源,才可以把資金轉到他們國內銀行的戶口,這一方面是為了打擊洗黑錢活動,另一方面也是避免有太多外來資金到當地投資,影響了他們本身國內的物價。又有一些國家,每次找換他們國家貨幣時,都需要有護照留下紀錄,這些都是你應該要留意的。

幸好,現時有很多網上和手機的支付平台,這些也不失為你一部分資金調動的工具。然而,這些平台都有其金額限制,所以也需要有其他渠道。

政策風險和稅務安排

其實香港也一樣有政策風險,樓市的辣招嚴重影響了我們香港的物業市場。之前的 BSD、DSD、SSD、壓力測試及降低按揭成數其實一樣是政策風險。

而且政府今晚宣佈，明日就立刻實施，一樣打亂了很多人的投資部署。但外國的政策通常是有一個寬限期才會正式執行，從這個角度看，政策風險反而比香港更低。

政策風險是很難預計的，每個國家的政策會因著市場的變化而改變，這種變化，的確使不少有心投資外國物業市場的人卻步。不過很多限購政策主要是針對住宅物業，在商業物業上，政策還是較寬鬆的。當然商業物業也有它的政策風險，礙於這裡的篇幅有限，不在此深談。

例如，澳洲也在不久之前，限制了外國人在當地買二手物業，只可以買一手樓。正因為賣家是發展商，其實相對較難找到「筍盤」。而泰國方面，外國人只可以買「公寓」，不可以買獨立屋，因為外國人不可以「買地」。而日本方面，則有資產增值稅，如果你五年之內賣出物業，資產增值稅會相對較高。

CH2 強化寬鬆收入

其實香港人在香港的資產，稅務安排比起世界上很多國家都是相對簡單的。可是如果你要把資金放在外地投資，那麼你一定要小心應對其他國家的稅務條例。所以在外國也很流行稅務顧問，就是要幫助個人或者是公司去建議他們如何報稅和交稅，是對他們最有利的。這方面最好找當地有經驗的朋友諮詢，看看他們有沒有好的稅務顧問介紹給你。

還有，你在外國移居或旅居的身份，都與當地的居民不同，所以你的稅務顧問最好是有幫助外國人處理稅務的經驗。例如，美國公民，是全球徵稅（Global Taxation）的，意思即是他們無論在任何一個國家生活和賺錢，都要向美國政府報稅和交稅。但是香港則不是全球徵稅的，這意味著如果你是在外國生活和賺錢，你是不需要交香港的稅，但當然也預先要向香港的稅務局報告你的稅務狀況。

租客進駐管理

一個投資物業，如果沒有租客，租金收入不單止是零，而且每月還得要交管理費，一個資產頓時變成一個負債。這的確是一個很大的風險，要有多餘資金，才有能力去「守」一段時間，把風險控制在能力範圍內。然而，管理空置風險的最佳方法，其實簡單到不得了，就是只投資購入連租約單位，一買入就即刻有租收，簡單輕鬆方便。

特別一提，要小心應對一些以「保證三年租約」或「保證三年回報」等的推廣，因為三年之後，可能有大量租約到期，因為那是沒有「大業主」的關係，到時各位小業主可能會爭相減價去招租，影響租金回報，繼而影響物業價值。

遊人生
旅居藍圖

項目爛尾

我們聽過有不少苦主，因為在外國買了爛尾的樓花，又要打官司，搞到自己身心疲累，賠了夫人又折兵。其實這個風險很容易避免，就是只投資於已建成的項目，其實市場上有很多二手物業可供選擇，不難避開爛尾的問題。

但如果你一定要買樓花，可以選擇商譽較好的發展商。在泰國，有不少有實力的開發商都是由當地的中國人後代管理的，他們的信譽會較一些中小型的發展商好。

香港的「標準」不適用於外國

千萬別用香港或中國一線城市的觀念去預測其他國家的城市。在成都生活時，遇過朋友投資葡萄牙的物業去拿取該國家（與及歐盟）的居留權。他訴說，好幾年了，物業價格無升無跌，不過歐元的匯價就……他的租金收入，幾乎都是用來支付物業維修管理和交稅，總之那幾年來都沒有為他提供任何現金流，似是放下了一大筆「押金」去換取居留權。但他又因為國內事忙，沒有到葡萄牙生活過，真正的「得物無所用」！

另外，我們在泰國生活時，都收過部份朋友的電郵諮詢，問我們有沒有推薦的泰國地產中介。我們跟他們說，其實可以直接跟開發商接觸，因為通常他們都可以提供一些優惠。但原來我們的朋友不是想入貨，而是想出貨，所以才想找地產中介賣樓。在泰國，大部分外國人市場都是買新樓盤的。而二手市場則是本地人比較活躍。然而，你必須要明白，泰國本地人（中

產階級）的購買力跟外國人是有一段距離的，當然泰國的 Super Rich 就另作別論。

在日本，物業的價值由兩部分組成，就是地價和建築物價格。而建築物價格會因應是石屎，輕鐵骨或木造屋而有不同的折舊率。對，你看得沒錯，是折舊（Depreciation）！所以在日本，「二手樓」可能跟「二手車」一樣，隨著建築物的年齡而減值。幸好近年因為地價升值而抵銷這個折舊。不過根據現時的國際局勢來說，特別是中國買家開始減少國外投資的勢頭下，可能有下行風險。

捨難取易

無論是外國物業或本地物業，其實風險並不在於投資工具本身，而是在於投資者的知識、心態和經驗。考慮清楚以上的各種因素，你可能會發現，在香港投資物業或股票，收到的租金或股息，一樣可以讓你在外國中短期居留時，住高級酒店或豪華民宿，省去時間精神心血去清潔維修和交稅。這比起你要持有一個海外物業連同相關管理和匯率風險，都更為「著數」。最重要的，就是你不需要因為持有該國家的物業而被「釘」在該國，自由自在，喜愛去哪個國家就去哪個國家。

所以老土點也要說，投資先求知。在你計算過整體的投資計劃時，你可能會發現，單單把錢投在一些在香港上市的房託股更簡單和安心！

自遊人生
旅居藍圖

Case Study

IT 專才熱愛網球 移居澳洲十年

我們和 Kenny Kan 結緣於初中，大家相識於微時。移民澳洲墨爾本近十年的 Kenny，在當地開設網球教室，在當地擁有不錯的知名度。闊別多年再聚，港僑除了暢談兒時好笑事外，當然也會分享自己在異國的 lifestyle。

移民到夢想與麵包共存地方

大約十年前，他決定移民澳洲。當時是 IT 專才的他在香港有一份穩定收入的工作，太太 Kelly 亦是個中學老師，所以經常被問為甚麼兩口子要放棄在香港那種方便舒適的生活，但是 Kenny 深知自己最喜歡的並不是整天對著電腦寫程式，而是在網球場上打網球！還在香港的時候，他已經在工餘時教打網球，怎知越教越愛！但是，在香港講理想，放棄穩定工作，全職教網球，談何容易？於是，他想起大學時代曾經到過 exchange 的地方——澳洲的墨爾本，他覺得那裡容得下一個充滿熱誠的網球教練！就在那一刻，他萌生起移民澳洲的念頭。

起初，因為他的大學專業關係，他是以 IT 專才的身份移民澳洲的，然而他真正的熱情是網球，所以到了當地就積極創立起自己的網球教室「Passion Tennis」，與不同的網球會合作。大家也知道外地人考取澳洲以及國際網球教練牌並非易事，但「唔係猛龍唔過江」，Kenny 在短短幾年間已榮獲「澳洲網球教練」和「USPTA 國際網球教練」的資格。現時 Kenny 除了是網球會的總教練外，還獲邀請到當地不同學校教波，周末又代表球會參

加賽事，加上太太 Kelly 亦是網球女將兼教練，雙劍合璧，夫婦齊心，其利斷金，二人現時在當地已擁有不錯的知名度。

教的不只是「網球」

對於很多不敢追夢的人來説，把自己的興趣變成工作是場賭注，所謂「做邊行，厭邊行」，我問 Kenny，教了十年網球，會對教網球生厭嗎？Kenny 教練竟然想也不想便回答我：「我是越教越鍾意那種人！在球場上，我覺得我似一個人生教練多一點。教小朋友的時候，我會著重讓他們

自遊人生
旅居藍圖

贏不是最重要。我會重視培養一個小朋友的心理素質，激發他們的潛能，令他們知道沒有事是不可能的。」我笑說：「你的意思是不是『只要有恆心，鐵柱磨成針』？」他點點頭，笑說：「正是正是。此外，在球場上如何鼓勵球員面對逆境波，亦能幫助他們日後在人生上懂得如何面對逆境。做人如果『跌得低，站得起』，就不會遇到問題便一蹶不振。意志強，他朝才能東山再起！」

網上生意
新手問

我們身邊有很多朋友,經常投訴自己的工作好辛苦,每天承受很大壓力。他們常把「我要離開香港」掛在口邊,學我們一樣旅居去。但是,一想到辭職後沒有了穩定收入,就立即沒聲出。

他們害怕,如果遠走他方,再沒有經濟收入來源,就會銀根短缺,沒可能在別處生活下去。大家都很清楚,這個世界很現實,流落異鄉,千金散盡,自己就再不是去旅游消費的貴客,到時候,分分鐘比過街老鼠還要慘。

事實上,要你由起點直接跳去終點,一步登天,當然不容易做到。但是,只要你願意花時間建立其他收入來源,不再只靠單一人工收入,你便是在為你自己找來爬梯,好讓你可以一步步爬到終點。當這些其他收入慢慢多得可以取代你的人工收入,恭喜你,那便是你正式逃脫 Rat Race 之時。

逃脫 Rat Race,不等於可以「地域自由」(Location independence)。所以,當你在建立其他收入來源時,要考慮做一些方便自己,令自己不用限制在

自遊人生
旅居藍圖

同一個地方的工作。網上生意是其中一個令你增加自己「地域自由」本錢的方法。

商機「網」中尋

有誰會想「打死一世工」？相信大家或多或少都曾幻想過做生意做老闆。身在異地，最簡單同時亦是最普遍的方法是——網上生意。開網店基本上不用租金成本，買賣的更加不一定是實物。

如果你賣的是專業或服務就更是零成本，因為不用買賣貨物，亦不用囤貨。例如，近年我們因為旅居沖繩，發現有學習日文的需要，便開始上網找尋有關學日文的網上課程。雖然網上有很多免費教材，我們大可不付款地學習，但我們始終揀選了有收費的頻道學日文，因為有收費的日文課程確實教得比較有系統、專業和教得細緻。

可能你會懷疑，真的有人會付款上網學日文嗎？為甚麼不直接找日語老師學習？因為，網上學日文時間任君選擇，適合一些貪方便的人。此外，一次聽不明白，可以重複再播，直至聽得懂為止，很適合初學外語的人。

以上所講的只是云云網店中的其中一個例子，我們認識很多 location independent 的朋友，只需有部電腦、有 Wi Fi，便可以用 Skype 在網上接 business consulting 的工作。 所以網上生意商機處處，只要找到別人的需要，就會發掘到市場。

能否完全零成本？

當然，初來報到，是要交學費的，無論你在網上拍攝視頻賣課程或者賣商品，都很有機會需要投資新相機或攝錄機等器材。例如，網店講求視頻或商品圖片夠吸睛才能吸引人購買，學習如何拍攝和後製視頻與相片，變成必須學習的一環。

另外，如何為網店設立方便的付款渠道和物流方法、如何利用社交媒體為自己的網店做宣傳、增加瀏覽量和銷售量、建立商品品牌、和客戶溝通、建立售後服務……通通都是學問。而且需要時間成本去準備、建立、經營和令它增長。

網上生意投入資金低，變相門檻相對亦低，競爭對手多。這亦解釋了為甚麼開網店的人雖多，但當中亦有不少人捱不住初段的「付出回報不成正比」而意興闌珊地離場。不過，如果一早調教好心態，做好心理預備，過程間願意不斷學習進步，反而條路會由不順變成順！

爬格仔 收稿費

另一個可以令你增加自己「地域自由」本錢的方法是找機會做寫作收費的工作。以我倆為例，未離開香港前已有幾個專欄。由於我倆之前出過一系列教英文口語的暢銷書，加上 Isabella 本身又是名校英文老師和高中文憑試口試考官和作文批卷員，於是便獲邀寫有關英文俚語，DSE 英文考試技巧等專欄等。

這種「爬格仔，收稿費」的工作已經不再是傳統報紙、雜誌專屬。現今的人看互聯網上的報紙、雜誌，網誌比看實體報紙雜誌還要多。大量的網上媒體，等於需要大量提供稿件的人，如果你是某一方面的專才或者 KOL，他們分分會主動邀請你提供稿件。

萬事起頭難，沒有知名度的話，當然沒有人會自動上門找你。這時候，就需要時間慢慢建立自己的 Portfolio。先在網上做博客，儲讀者量。

主要的 Blogging services，例如 Blogger.com（前身是 Blospot），是 Google 的免費平台。其實只要你的內容（Content）有趣，就自然有人喜歡看。有了人氣，就自然會有其他付費的平台邀請你在他們的專欄上分享

你的內容。現時不少財經作家的前身，都是財經博客。當中比較出名的，有止凡、脫苦海，Starman 等等。他們都是由博客開始，然後出版商或電台電視台主動邀請他們出書或製作節目。

另外，《風轉西藏》和《北韓迷宮》的作者 Pazu 薯伯伯，其實他一直由 Facebook 分享自己的文章和相片。然後有好幾篇特別好看／好笑的文章得到廣大的「分享（Share）」，人氣急升，又再引來出版商的邀約出書。要明白一點：觀眾注重「內容」，出版商／傳媒注重「人氣」。你只要專心經營這兩種要素，就可以了！其他你都不用管，因為他們自然會有「探子」去搵你！

再運用讀者人數去跟網上雜誌的編輯傾商，會有更大機會爭取到專欄。寫專欄可以令你增加額外收入之餘，亦確保你不用限死在某一個地方做。只要有電腦打稿，準時電郵稿件給編輯即可，在哪兒做都沒有問題。而且，當你的讀者量高，本身已經夠「紅」，廣告商更會在你的網誌或社交媒體

自遊人生
旅居藍圖

如 Facebook 或 Instagram 下廣告，而廣告收入分分鐘更勝稿費。

運用電腦來往的文字工作，絕對不限於寫稿，可以是著書立說、可以是幫人翻譯文件、亦可以是校對編輯等等。

認識一個香港朋友，從前在雜誌做記者，因為太喜歡旅行，幾年前決定辭職，然後以 Freelance 身份接工作。起初薪金不及從前，但慢慢做下去，越來越多人找她幫手。現在，基本上她的收入可媲美從前有正職時。更可以一年內有半年不在香港，四處去旅行，遊山玩水。

把興趣
變收入

因為喜歡，就不會累。

興趣變工作，再將它變成額外收入是其中一個增加現金流的方法。可能你在想：「我已經有一份正職，還要為自己增加其他收入來源，豈不是好辛苦？」但是，只要你願意從興趣出發，抱著「因為喜歡，就不會累」的熱情，就不會覺得辛苦和輕易放棄，更會因為是自己喜歡的會做到廢寢忘餐。

「周末創業」

當我們還在香港時，認識不少朋友實行「周末創業」。

他們大多是某種興趣的「發燒友」，對其興趣簡直到達沉迷的程度。其中有一位朋友，本身是影相發燒友，因為身邊的老友知他影相靚，便叫他幫手在婚禮影結婚相。由於是幫老友，他亦沒有想過要收費。拍攝完一場婚禮攝影，老友亦識相地封了一封大利是給他。之後，由於這輯結婚相太漂

自遊人生
旅居藍圖

亮，贏盡口碑，很多快要結婚的準新娘、準新郎都特意找他拍照。

而這位仁兄不到幾個月已需要聘請團隊以減輕大量的婚禮攝影工作。由於婚禮通常都在周末舉行，所以完全不會影響他周一至周五的正常工作，更為他帶來外快和攝影經驗，完全寓工作於娛樂！

最有趣的是，找他拍攝的準新娘和準新郎會因為忙碌而未找到合適的化妝師。剛好，朋友太太是化妝發燒友，太太便和老公一起順理成章的「周末創業」，加入老公的婚攝團隊，成為這些新婚夫婦的御用化妝師。正所謂「夫婦同心，其利斷金」，二人拍住上，額外收入倍增。

興趣養興趣

認識我們的人都知道我們很喜歡大海，很喜歡水上活動。我們因為喜歡海洋生物，便決定在香港找潛水教練教我們潛水，打算考取我們第一個潛水牌 —— PADI Open Water 潛水牌。

94

我們的潛水教練 Caron sir 本身有正職，教潛水純粹是一股熱誠，為興趣。很多人說，在香港學潛水不值得因為香港的水底能見度低，看到沙多過看到魚，沒有甚麼好看，不像在馬來西亞或者菲律賓學潛水的人一樣，能邊學邊欣賞到海底美麗的世界。

但是至今我們仍很慶幸找到這位潛水教練。由於「同聲同氣」的關係，他教潛水時的安全守則和要注意的地方，我們至今仍然很深刻。我們是他首幾屆的學生，所以他也很老實地告訴我們，賺到的錢幾乎都花來買潛水 gear，開車接學生到潛點和請學生吃飯上。雖然如此，他仍然非常享受因為這令他可以「興趣養興趣」，至少不用花掉他的正職收入，變相令他儲蓄到更多彈藥。時至今日，桃李滿門的他已發展到一有空便帶潛水團到菲律賓、沖繩外島等地方潛水。

專業的一技之長

如果你本身是瑜伽老師或者是香薰治療師，但仍然有正職的話，可以運用你的一技之長，在工餘時間開班授徒。我們身邊很多瑜伽老師朋友都不是一開始便全職教瑜伽的。他們的正職穩定，收入不錯，而且輕輕鬆鬆，所以他們會在工餘時到一些會所教授瑜伽，慢慢儲夠客人才想，要不要把瑜伽班轉為正職和會不會自立門戶。當你有了這在哪兒都可以生存的工具，其實到哪兒也沒有問題，因為你都可以找到需要學習瑜伽的學生。

以我們為例，Isabella 離開香港前已很喜歡香薰治療（Aromatherapy）和聲音療癒（Sound Healing）為人帶來的身心靈平靜和放鬆，所以有空時便會

遊人生
旅居藍圖

舉辦香薰治療和聲音療癒的工作坊，把它們的好處分享給更多人。

正因為在香港已有舉辦香薰治療和聲音療癒工作坊的經驗，當我到別的地方時，我也能輕易地用同樣的方法去舉辦同類型的活動。很多人會覺得自己現在的人工收入已很足夠，不用再額外做這麼多東西吧，當我有需要才做也不遲。但是，如果你一直都不去做，不去找能替代你現時工作的replacement，你就會一直stuck in your job，永遠都離不開。這是我見到不少人想出走，但出走不了的原因。

另外，我們有一位朋友，本身是私人教畫的，因為她專上門教住中半山的小朋友，所以工資高，而且不用返朝九晚五。餘下的空餘時間，她索性繼續畫畫，更不時到一些周末市集擺檔賣畫，以增加額外收入、幫自己宣傳，以及接觸新的潛力客戶。她說自己曾經試過在周末市集擺檔時遇到賞識她

的人，除了幫她買畫之餘，更想免費打本給她開畫室，她說如果沒有走出來在周末市集擺檔賣畫，就不會遇到這難得的機會了。

專業的一技之長絕對是 transferrable，到哪裡也用得著的。不過大前提是，你擁有「吸引客戶的能力」！

如果沒有「一技之長」的話……

說到這裡，如果你仍然覺得自己沒有一技之長，又或者是不知道自己的一技之長是甚麼，那麼不要灰心！首先，我絕不會花時間和唇舌去說服你，甚麼「人人都一定有一技之長」，又或者「天生我才必有用」這些廢話。再者，我更不會說甚麼去尋找自己喜愛的「一門手藝」或「慢慢來追尋吧」，

自遊人生
旅居藍圖

因為如果有，你一定已經知道。

其實你說自己沒有「一技之長」，那麼我應該恭喜你才是！因為你絕對是個「可造之材」，是有「無限可能」！

我的建議一句講完：你馬上去學投資吧！

坦白說，這是最簡單直接的方法！因為任何事情，都需要時間，心血和金錢。「時間」人人都有，在乎你怎排先後次序。「心血」就在乎你是否能專注去做好一件事。只有「金錢」，是由特定方法去累積。建議你先讀曾淵滄博士的《富足自由人》系列開始。

CHAPTER3
登入自遊網絡

3.1

長期居留簽證
攻略

千萬不要以為你的護照可以進入其他國家，就等於可以在那裡留多久就留多久！對於我們香港人的特區護照來說，很多國家都是免簽證的。但每個國家都有其法定的旅遊逗留期限，出入境權限而非居留權！

我們這個「悠」牧家庭，過去五年去了三個國家，暫時以日本沖繩住得最長，快要三年了！這段在日本生活的時間中，差不多每星期總會有一兩個讀者，透過我們的《悠牧家庭》的 Facebook 專頁或電郵詢問有關日本長期簽證和日本買樓的事。因未能三言兩語就可答覆，所以我們在此盡量解釋。

先說説四種簽證的類別：

1. 投資經營簽證

現時較多香港人申請的，就是「經營管理簽證」。這種簽證相對投資金額門檻較低，條件是在日本當地開一間公司。

至於是哪種業務種類則沒有規限，只要是「能夠促進日本經濟」的都可以。資本規模最小由 500 萬日圓開始。我見過有人做「日本貨代購」、「民宿管理」、「潛水店」或「中華料理」等等。

只要每年營業額達到五百萬日圓，就可以把簽證續期，由一年、三年到五年不等。

我們在日本遇到的香港人，大多是這種簽證的。連續住滿日本十年，就可以申請日本的永久居留權，日本叫「永住權」。這個簽證最大的特點，就是沒有日語能力的限制，就算你不懂得日語，也一樣可以申請。近幾年，香港的傳媒都有不少關於這種簽證的報道。

2. 工作簽證

如果你精通日語，又被日本公司聘請，那麼你就可以選擇工作簽證，這種簽證必須由日本聘請你的公司為你申請。

不論是否外國或本地人，只要是公司老闆，都可以聘請海外員工。大前提是要證明這位海外員工到日本工作的必要性。例子：你在日本開一間「中華料理」，去中國聘請一位大廚過來上班，是理所當然的事。當然，最終還是要由日本政府決定是否批出工作簽證。因為日本政府在審核任何簽證時，都會要求申請人提交相關的學歷，經驗證明，甚至是「良民證」，即是「無犯罪紀錄證明書」。日本在這一方面非常嚴格，我自己聽過很多次，一些外國人在日本國內醉酒鬧事，一經拘捕，馬上被日本政府取消在留資格，要立即返國。

自遊人生
旅居藍圖

工作簽證也分兩種，一種是「人文知識、國際業務」，這種簽證一般都需要有大學學位作為基礎，否則你要提供在工作領域上已經達到管理級的證明。這種簽證例如有機械工程技術人員、外語翻譯、設計師、市場調查研究人員等。

另一種是「特別技能」工作簽證。技能簽證是給工作在特殊領域、有熟練技能者的簽證。例如：廚師、國外特有建築的建築工人、航空飛行員、寶石或毛皮的加工技師、運動員教練、葡萄酒的鑒定師等，都屬於這種「特別技能」工作簽證。

3. 留學簽證

當然，如果你也想學好日語，那麼直接申請一個日本留學簽證，是最簡單直接的。留學簽證也跟工作簽證一樣，最好由在日本的語言學校為你提交申請。日本留學簽證的特別之處，是這種簽證可以讓你每周工作二十八小時，讓你去賺取（幫補）生活費及練習你的日語。每周二十八小時，一星期平均就是每天四小時，所以日本很多兼職工作（例如便利店），都是以每天四小時一工算的。

4. 高度人才簽證

最後，當然就是現時日本政府極力推廣的「高度人才簽證」。這個簽證的特點，就是計分制，只要你的分數到達某一個水平，最快可以居住日本一年後就取得永住權。而積分就是根據你的教育程度，是否世界上的名牌大學畢業、收入水平、年齡以及工作經驗去衡量。

在 2015 年，日本法務省已經公佈新的「高度人才積分制度」，到了 2017 年 4 月正式生效。為了知道更多有關這個新的簽證，我們詢問了日本行政書士——大城健之介先生。他 2002 年已經由東京移居沖繩，雖然他是在東京出生，他的祖父原來也是沖繩人。

遊人生 旅居藍圖

大城先生指出，高度人才積分制度分為三類：學術、技術、管理。而積分制度是按你的大學學歷（學士，碩士，博士）、工作經驗、每年收入、年齡、特別積分（例如是曾經獲得的獎項或專業資格）等各種項目，把分數加起來，達到 70 分的，就已經符合基本條件申請日本高度人才簽證。

學歷當然是越高越好，工作經驗也是越長越好，每年收入也是越多越好，有特殊獎項或專業資格的更是如虎添翼。但是要留意，年齡卻是越後生越好！基本上，如果已經是三十九歲或以上，這方面已經沒有分數。但是如果你還未到三十歲，那麼你已經有 15 分了！

還有，如果你是在 QS University Ranking／Academic Ranking of World Universities／World University Rankings 的頭 300 所國際有名大學畢業，也會額外加送 10 分。當中，中國的北京師範大學，復旦大學，南京大學，北京大學，上海交通大學，清華大學，中國科學技術大學，浙江大學也在其中。香港的就有香港大學、中文大學、科技大學、理工大學、城市大學上榜！加上你的大學學士學位，就已經是 20 分了！

這樣計算，如果你還未到三十歲，在以上的國際有名大學學士畢業，就有 15+20=35 分，已經是基本要求的一半了！詳細資料請看日本法務省入國管理局的網頁，當中有清楚易明的英語資訊，還有 Excel 可以幫你自動計分，或許你不知不覺的已經達到要求了！

每一種簽證到有其知識水平或資金的要求，如果你欠缺知識或資金，那麼還有一種方法，就是嫁個或娶個日本人，那麼你就可以獲得日本人配偶簽

證。不過，這並不是每一個人都可以做到的，有
可能所要求的比知識或資金更高，哈哈！

「免卻」繁複簽證手續攻略

不過說得實在一點，其實大家如果在跳出香港之
前，已經擁有一定程度的「彈藥」，那麼最好的
策略還是先用學生簽證去學習當地的語言。

學生簽證是眾多長期居留簽證門檻最低的。這也

日本法務省入國
管理局的網頁。

▼ 相中（右二）是日本行政書士 ── 大城健之介先生。

自遊人生
旅居藍圖

引申出學生簽證的風險也是最低，因為你是以「學生」身份去長期居留，也代表著有「語言學校」會為你提供很多生活上的實質支援。當中以「簽證續期」最為重要。

當你在一個異邦國家，去辦理簽證續期時，你需要直接面對當地的政府部門。而其他國家的政府部門運作模式並不一定會跟香港相同，服務態度也跟香港優秀的公務員有差別。除非你的語言能力已經達到一定程度，否則你還是把這些「繁瑣」的簽證續期手續交由語言學校的校務處人員幫助你。

關於哪一種日本簽證合適你的情況，請參考「日本入國管理局」的在留資格一覽表。

留學期間同時打工

一般來說，學生簽證是不容許你在當地就業的。然而，有些國家（例如日本）卻在這方面相對寬鬆。日本的學生簽證（研習日語），是可以每週工作 28 小時的。有兩個原因日本政府放寬這個就業限制：

一：讓留學生可以得到充分使用日語的機會，使日語學習更加事半功倍 。

二：當地勞工市場短缺，很多需要體力勞動的工作出現人手不足，所以留學生反而成為當地的勞動力。

語言學校的課堂一般都是每天 2 - 3 小時，其餘的時間都是自由時間。我們在日本生活了好幾年，也親眼看見不少留學生都會利用課餘時間到便利店工作。日本的最低工資大約在 1,000 日圓左右。所以每天就可以賺取約 4,000 日圓。每週就大約是 28,000 日圓，一個月就大約是 112,000 日圓（即約 7,840 港元）。

所以我自己也遇過一些「中年」甚至是「已退休」的人士，到日本學習日語，運用這個學生簽證，長期居留之餘，更可以由沖繩玩到北海道，闖盪整個日本！又有一些人，他們選擇了幾個日本城市旅居，每個城市住三個月，每個地方都是深度遊。

遊人生
旅居藍圖

3.2

外國生活水平
如何？

搬運成本

去旅行前要收拾行裝，旅居同樣要花更大功夫去收拾。離開香港，收拾行裝時，我們奉行「簡單出行，輕裝上路」主義，意思是我們會盡量在離開前進行一場大型「斷捨離」，減少帶不必要的東西上路。

在我們從香港出發到泰國前的三個月，便把自住單位租出，然後將家俬電器送的送，捐的捐，最後收拾了 20 箱東西，當中 6 箱留在香港，14 箱寄到泰國。14 箱東西，對一家四口來說，説多不多，説少不少。

但要是你知道 14 箱裡面是放甚麼東西的話，你可能會覺得更神奇！當中有 5 箱是養生和靈性書籍；4 箱是水晶缽，銅缽等；3 箱是電腦和小型電器如榨汁機和攪拌機；餘下兩箱只是我們的高爾夫球球包。

沒錯，裡面沒有我們的衣褲鞋襪，更加沒有小朋友玩具和暑期作業！由於搬運需要一個月時間，我們覺得衣服都是隨身比較方便。不過，話雖如此，

我們並沒有帶大量的衣物，總之夠我們約一星期使用即可。而且到達當地後，也可再作購買。

「沒有這件物品仍可生活下去嗎？」

事實上，我們發現很多東西都是身外物，是「想要」多過「需要」。從一個旅居地搬到另一個旅居地，有人會越儲越多東西，我們卻發現其實14 箱東西裡面仍然有很多不必要的東西。行走過江湖，便會更清楚自己的需要，所以我們沒有越積越多，反而越運越少。到我們第三站搬去沖繩時，一家四口只運了 10 箱東西而已。

至於搬運成本，市面上，有多間國際搬運公司供選擇，有些更會提供搬運工人上門幫助入箱服務；當然如果你選擇自己打包的話，價錢就會比較便宜。另外，因應你需要搬運的數量、距離和搬運方法而收費。通常當你越運得多，就會有相應折扣。視乎你選擇船運還是空運，兩者價錢差距相當大。幾年前，我們從成都運東西到沖繩那一程就用了空運，運的東西比我們從香港用船運到曼谷少，但價錢卻貴三倍有多！

自遊人生
旅居藍圖

衣食住行

泰國篇

食

泰國的物價低，普通在曼谷 Food Court 吃一碗泰國河或者泰式海南雞飯都是四五十泰銖（約十五港元），對香港人來説相對便宜。曼谷是一個要草根可草根，要豪華可豪華的城市。想吃得好一點，到五星級酒店食自助餐可以低至二百港元有交易。喜歡地道風情的，到夜市掃街，吃到飽都可能過不到二百泰銖（約六十港元）。由於在泰國出街用餐便宜，所以就算是泰國人也很少自己在家煮食，他們説仔細計算過後，覺得出街吃更抵，不用煮之餘最重要是不用清洗！

衣

衣物方面，也同樣是豐儉由人。不用做潮人的話，普通夜市買的上衣和牛仔短褲都是二百泰銖左右（約五十港元）有交易。離 Siam 市中心越遠，價錢亦越平。

在夜市內，我看過最貴的衣服是一件皮褸，約二千泰銖（約五百港元）。至於商場內的貴價衣物一般跟香港同價，但比便宜的一定是泰國的更便宜。

住

居住方面，泰國的住屋條件相當不錯，新落成的 Condo 設計通常很現代化，大部分自設私人會所、泳池、花園等等。不過新落成的單位開始越來越細，比較適合來曼谷工作的單身 Expat 海外僱員。像我們這種家庭客則較嚮往有學校配套，可讓孩子有活動空間的居住環境。

當年在曼谷住的二千多尺獨立屋連二千尺花園都只是每月 40000 泰銖（約 10000 港元）而已。雖然租金近年可能有調整，但漲幅絕對不能和香港比。如果去的是清

遊人生
旅居藍圖

邁甚至是清萊，價錢就會更加便宜，因為當地的物價始終不能與首都曼谷相比。

行

交通方面，住在曼谷的旅居人和外國旅客大多以 BTS、MRT、Grab 的士和電單車代步。要知道曼谷以塞車嚴重馳名，所以選擇自己開車的外國人比較少。不過如果你並非選擇曼谷，而是選擇沒有 BTS、 MRT 的清邁作為落腳地的話，可能你便需要自己開車了。

當你去得越多世界其他國家，你會越來越察覺到世上沒有其他地方能與香港交通的四通八達、選擇多元化、各適其適、快捷方便可比。

日本篇

食

日本的物價比香港稍高。普通在商場 Food Court 吃一碗拉麵或午飯套餐連飲品要約 1000 日元起步（約 70 港元）。如果要找便宜的便當，便要到超市或便利店買，售價大約 400 日圓起步（約 30 港元）。雖然出外用餐費用不低，

但日本食物一般製作精緻、好味道，所以性價比亦高，算是一分錢一分貨。

衣

衣物方面，要追趕名牌和潮流的，花費會和香港接近。不過，日本很流行新年售賣福袋或換季大減價，那時候你會「執」到很多便宜貨。若然你不用趕潮流，衣著著重舒適為上的話，其實商場時裝店賣的一件上衣都只不過是 1,000 日元起步（約七十港元），對香港人來說應該不會負擔不起。

住

居住方面，日本人流行住小小的 Condo，和香港的接近。在日本，比較難找到願意租給外國人的業主，他們一般要你找一個當地日本人做擔保，要不然便需要額外花費找保險公司找委託人做擔保，情況較複雜。

我們當時很幸運，遇到一個本地人願意租給外國人，條件是一次過要繳交一年租金。由於很少本地人願意租屋給外國人，我們便二話不說立刻簽約。有些外國朋友會選擇租小型單位，一般由五至七萬日圓起步。像我們這種嚮往可讓孩子有活動空間，住得靠近學校的家庭客，便會傾向想找獨立屋。可惜日本的獨立屋租盤非常短缺，比泰國的選擇相對少很多。幸好我們最後仍租到一間約千八尺的獨立屋連一千尺花園，租金是每月十六萬日圓（約 12,000 港元）。

自遊人生 旅居藍圖

行

交通方面，住在東京大阪的，當然可以使用 Metro 地下鐵代步，但要是住在沖繩，就必須要有車代步。

在日本買車，並不如你想像般貴。如果你只是買二手車的話，一架只需要幾萬元港元起步。我們剛剛到埗時，剛好我們在這兒認識的地產代理很趕急要賣車，我們便跟她買了，而費用只需要一萬港元。當然，那只是一部代步用，車齡亦較大的車，而非最新型號的座駕。

在日本買新車亦比香港便宜，因為始終日本本身是造車國，在日本出車，只要你是買日本車，都會比香港便宜一半，免卻了在香港要繳交的入口稅。養車亦很划算，因為不少日本住宅都是租屋送車位的，所以變相每月也不用交車位租金，節省很多。至於道路使用稅，在日本是每年一千港元以下，而香港，至少貴三四倍。離開日本時的處理亦非常簡單，因為他們的二手車市場蓬勃，可以輕易把車變賣。

不是沖繩沒有公共交通工具，而是班次疏落而且未必停在你要去的地方。此外，乘坐的士是頗昂貴的選擇。由那霸機場到沖繩中部的車費，約八千至一萬日圓（約六百至七百多港元）一程，分分鐘比你買一張由香港飛沖繩的單程廉航機票還貴！

自遊人生
旅居藍圖

3.3

外國搵屋
防中伏

泰國篇

尋找地產代理的故事

網上有不少泰國地產代理，都有英文網頁，例如 ddproperty.com、kkbkk. com、propodyssey.com 等等。在搜尋器中打「Thailand Condo / House for Rent」，就有很多跑出來。

這些代理大多都能說英語，有些甚至可以講普通話，就像以上所有的地產代理，都是我們自己找他們去睇樓的。我們之間的溝通全是用電郵，白紙黑字，方便明白。他們的網站也有很多圖片，令我們睇屋前早已有個概念，省卻不少時間，所以現代科技確實幫了我們不少忙。

至於如何確保代理值得信賴？其實我們作為身在海外的顧客，的確很難知道哪一個代理可靠，就算我們問泰國親戚，他們亦不知道，因為他們都是直接向發展商買樓的，根本不會找代理來購買二手單位。

那身為海外買家的我們能享有法律保障嗎？當然有，法律會保障買賣雙方的利益。然而，在泰國，所有法律條文都是以「泰文」為主。我們在泰國時，也有閱讀當地的英文報紙，當中偶爾也會有關於海外買家的房地產訴訟。其實外國人在當地進行物業買賣，必定要有專業（有服務外國人經驗的）律師行代表自己。

泰國與香港不同，香港市場主要由 4 間大型代理包辦，但泰國市面卻有很多小型代理公司，每一間也有自己的「拿手筍盤」，所以最好先在網上做 research，然後以電郵向給他們查詢更詳細資料。

一封電郵試虛實

你的電郵其實已是一面「照妖鏡」，如果他們很快回覆，又能夠清楚明白你用英文問的問題，提供你想知道的答案，這暗示或有進一步的合作空間。但是如果他們很久都沒有回覆，又或者回答得「九唔搭八」，這代表他們的英文水平可能不足，睇樓時分分鐘會「雞同鴨講」，這就可免則免了。

我明白很多香港人都想有多一些保障，確保物業代理有牌照註冊號碼，但其實我們也需要明白，如果他們有心行騙，亂作一個註冊號碼，你亦不會查得到，難道你又懂得到泰國「地產代理監管局」的泰文網頁去核實真偽嗎？

有時我們要放下香港人的那種執著。我們在香港，很多事情都系統化，所有事都有根有據，但當我們離開香港，到一個新環境時，有時就係要講個

自遊人生
旅居藍圖

「信」字。然後你就會發現，其實全世界有99.99%的人都是好人。在我們自己的經驗中，從來沒有遇到欺騙我們的人。其實世界是很美好的。

但要重申一點，我只是講我們自己的經驗，不能夠概括全部情況。

泰國租屋知多點

問：一般地產佣金如何計算？何時付費？

Matt：有些地產代理會用半個月租金作為佣金，有些只會收業主佣金，租客是不用付佣金的；如果租客要付佣金，就在業主交鎖匙給租客時繳付。這一點基本上跟香港一模一樣。

問：講到議價、還價程序，當地業主會否開天殺價？應還價多少？

Matt：如果租 apartment（大廈公寓），會有市價（同一屋苑的成交價格）給你作參考。但如果租 house（獨立屋），市價的參考值就會很低，因為每間獨立屋都有不同的設施，如有沒有私人泳池、前後花園有多大、有多少個車位，這些都會影響租金價格。你可以在同一區內，多看幾個不同的獨立屋租盤，去衡量租金是否合理。

我們相信獨立屋的租金一般都有 5 至 10% 的議價空間。議價和還價的程序跟香港一樣，要透過當地代理來溝通。

不過有一點你要明白，泰國獨立屋的業主，絕大部分都沒有按揭，意思是他們根本沒有任何資金壓力，很多業主把物業丟空一年半載，也對他們絲毫無損，所以他們一樣會選擇優質的租客。有些人以為自己有錢，就可以租到自己心儀的物業，但在泰國，遊戲規則是有點不同的。

問：要否像香港般付按金、上期？水、電、煤、差餉又點計？

Matt：和香港一樣的，兩個月按金一個月上期。水、電、煤租客負責，差餉和管理費則已計算在租金內。

問：租 apartment 又如何？

Matt：Apartment 也是很好的選擇。大部分的大廈公寓都在市中心範圍，以及很接近 BTS 站，這樣交通會方便很多，尤其曼谷經常塞車，可以省掉很多時間。

絕大部分的大廈公寓，都有很好的保安設施，又有會所泳池，附近通常更有超級市場，其實比住獨立屋更方便，因為大部分獨立屋都在距離市中心較遠的位置，所以住獨立屋的大部分都是泰國人，會開車出入。如果你不想自己開車，最好還是選擇大廈公寓。

自遊人生 旅居藍圖

其實獨立屋或大廈公寓的租金因素，在於他們的地理位置。愈靠近市中心的，租金就愈貴，至於其他燈油火蠟的費用，其實也是差不多。外國人較喜歡住在 BTS 編號 E9 的 On Nut 安努站附近，因為那裡有一間很大的外資超級市場 TESCO，對外國人來說，在那裡購買自己的家鄉貨較方便。

問：你為何選擇獨立屋，要有花園，而不選擇 apartment ？

Isabella：住大屋和住宅大廈單位的最大分別，在於居住密度。住在住宅大廈單位中，樓上樓下裝修，你一定會受到影響；鄰居的電視或 Hi-Fi 開得大聲一點，你都會知道他在看甚麼節目和愛聽甚麼音樂；如果你的小孩子在屋內跑來跑去，樓下單位的業主又會上來，跟你說你的孩子實在很「活潑可愛」！你雖然活在自己的地方，但原來你自己的腳步重一點，都會影響到樓上樓下的關係，更不用說你的仔女在家裡跑來跑去的自由了！

在獨立屋，你有很大的空間和自由度，因為你與鄰居距離很遠，所以你可以在家裡大聲講、大聲笑、大聲唱歌、大聲聽歌，都不會影響到別人。擁有自己的花園，就可以種草種花、種菜、種瓜、種生果，也可以甚麼都不種，用來泊車。就算要打理花園也非常簡單，只要多種植物，減少積水，根本沒有蚊蟲滋生。在我們家的花園，不但沒有蚊，還有很多蝴蝶和不同的雀鳥來欣賞我們的植物。

日本租屋知多點

跟泰國很不同，在日本，想找一間可以租給外國人的房子，是不容易的。首先日本業主會有幾重心理障礙，令他們不想租給外國人。

一來是業主擔心語言不通，未能有效跟外國人租客溝通。

▲日本「有房出租」的宣傳單，大意指：超廣闊、新裝修、有閣樓、有電梯，和香港的宣傳內容差不多。

遊人生
旅居藍圖

第二就是業主會擔心噪音問題，日本普遍住宅民居都是一個很清靜的地方，如果有噪音，很容易引來鄰居的投訴。

第三，就是一些生活習慣，例如是倒垃圾，是每星期才有兩次，如果你不按時間倒垃圾，就會引來鼠患蟑螂等衛生問題。

日本業主很怕會麻煩到鄰居，所以他們都對租物業給予外國人有很大的戒心。不過，也不是完全沒有方法，以下就是我們在日本搵租盤的經驗：

地產代理：

在日本，除非你是用專為外國人的地產代理，否則千萬不要以為你可以用英語跟日本的地產代理溝通。這一點，你最好找一位可靠的翻譯幫助你。

另外，如果你還未有有效的長期居留簽證，他們是不會讓你看任何的租盤，因為你還沒有「居留權」，你是不可以簽租約的。基本上，他們都是非誠勿擾的態度。所以你去見日本的地產代理前，必先要有充分準備。當然，如果你是要看買盤，那就完全不同。因為外國人在日本買物業來投資，這幾年都非常普遍。

保證人：

這是日本獨有的文化。每一位租客，都需要保證人，才可以租用物業。首先，保證人的作用，是如果你因為任何原因，而付不起租金，保證人就會有責任去為你持續繳付租金，直到租務合約完成為止，以保障業主的收入。

如果是日本的年輕人，他們的保證人通常都是自己的父母。如果租客因為任何原因而付不起租金時，業主就會先打給他的父母。

不過，對於我們外國人來說，這一招完全行不通。所以業主都會要求外國人的保證人，一定要是「日本國民」或「日本永住」人士。因為這兩類人已經在日本生活了一段長時間，會明白日本業主的要求。所以我認識大部份外國人都是有日本人朋友作為保證人。如果你是語言學校的學生，也會有時候得到你學校的老師作為你的保證人，這當然是他／她認為你是一個可靠的人，才會這樣做。因為對於一個日本人去擔當你的保證人時，他自己也要承受一定的風險。

如果你沒有日本朋友作為你的保證人，那麼可以怎辦？不用擔心！近年日本也有越來越多外國人到日本生活或工作，也明白到外國人租屋的難處（特別是保證人方面），所以就開始有「保證人公司」的出現。保證人公司其實是一間「租金保險公司」，意思即是如果你因為任何原因，未能夠完成租約的租金，租金保險公司就會為你付出餘下的租金給業主。

跟「租金保險公司」申請時，先要給一筆費用好讓他們審查你的財務和工作背景，當他們確認了你是符合這個租金保險的資格是，他們才會接受你的投保。通常保費會是你租金的一個月到兩個月之間，視乎你的財務和工作穩定程度。

自遊人生
旅居藍圖

家俬電器：

日本租屋一般都是沒有家俬電器的，有些就連冷氣都是由租客自己負責購買和找人安裝。這是因為日本業主都是傾向長期租給同一租客。這一點跟泰國很不同，泰國的租盤流轉度很高，業主會按市場狀況來提升租金，把自己的物業租給能付出最多的租客，所以會添置新款的家俬電器去吸引「唔想煩」的租客。

而日本的業主則是希望有穩定的租金收入，所以業主會把家俬電器這些個人喜好留給租客自己選擇。這也意味著你需要為你的租住地方預留一筆款項和時間，去購入你的家俬。如租客搬走時，也要負責把所有家俬搬走，基本上是要清場，然後才把物業交還業主。

業主遇到有租客遺漏大型家俬或家居垃圾的話，業主會付費把這些物件處理，但亦會向租客追討相關費用。在日本處理大型家俬電器都是要付費和跟政府部門安排時間的。這些費用會由租客的保證金支付。但錢都是其次，最重要的是，日本是一個很講信用和名譽的社會。如果你今次引致業主的麻煩，日後中介人也較難幫你找到其他業主願意把他們的物業租給你。

議價空間：

日本人一向都有「不講價」的習慣，他們的租盤都是明碼實價，極少會有議價空間。另一方面，也是因為日本其實對租盤價值都有一套「潛規則」，又或者是隱藏的「公式」去計算租金價值。只要你打開任何一本賣二手車的雜誌，你就會發現如果是同一個年份，同一個里數，和同一個型號的二手車，在兩間不同的二手車行的價錢，也是差不多一樣的。同樣，二手租盤也是有這樣的隱藏的公式，只有地產代理才會知道計算的詳情。

遊人生 旅居藍圖

3.4

為孩子找
合適的學校

國際學校？本地學校？

很多朋友知道我們一家四口過著旅居的生活都非常嚮往，但是有家庭的朋友始終最緊張讀書之類的問題，所以他們會對旅居後子女的教育出路尤其關注。

很多香港家長初次出境，通常也會為孩子選擇入讀國際學校，始終如果老師是以英語授課的話，將來就算轉到其他地方，也容易找到相應的學校銜接。香港人聽到「國際學校」這四個字，便會自自然然把它和「自由」、「輕鬆」、「愉快學習」聯想在一起。

比香港更「Demanding」的課程

我們自 2014 年離開熟悉的香港，出走泰國曼谷、中國成都以及日本沖繩，兒子也曾入讀過三地的國際學校。但是不是每間國際學校都那麼「自由」、「輕鬆」和「愉快學習」呢？ 我們就有不一樣的見解。事實上，每一間國

際學校有其不同的辦學團體。辦學團體不一，會引致辦學理念也非常不一樣。以下就和你們分享一間我們在泰國時入讀的新加坡國際學校的經驗，很可能會顛覆大眾對國際學校的印象！

初到曼谷，對他們的國際學校並不熟悉，幸好親戚的兒子剛好和大兒子同齡，所以我們沒想太多，便把兒子入讀他正在上學的那間國際學校：泰國新加坡國際學校。起初我們也和一般人的想法一樣，以為國際學校的課程相對輕鬆，誰不知慢慢才發現，學校由於辦學者是新加坡人，所以非常著重學生成績以及學生的課外活動成就，課程比香港的快一年至年半！例如，一個幼稚園中班學生每天完成四份書寫功課外，每星期還要默寫五個英文生字。對一個連二十六個英文字母都未識的四歲小朋友來說，其實真的不

遊人生 旅居藍圖

知道發生甚麼事。當我們以為香港人出名「谷」的時候，離開了香港，我們才發現原來天外有天。

就算心中已決定了要讓孩子入讀國際學校，也要查考一下心儀的國際學校的辦學團體以及其辦學理念是否適合自己的孩子。此外，他們所行的學制也應該是考慮因素之一。

亦會有家長因為喜歡某個國家的教育制度而為孩子選擇當地的學校。例如，我們便聽過身邊有朋友因為喜歡台灣的森林學校而移居到台灣，入讀某間森林學校。至於我們，在沖繩第二年時，兒子亦從國際學校轉到了當地的日本小學。所以，他們是少數入讀過國際學校和當地學校的學生。問他們喜歡現在的日本學校嗎？他們的答案是：「喜歡啊！可以有很多朋友玩！午餐很好味！」這就是小孩子的想法，最緊要就是有朋友，另外就是要食物好吃！

我們的想法也很簡單，既然來到當地，如果簽證又許可，能讓孩子入讀當地學校是最全面經歷當地文化和學習當地語言的好機會。就像我們的兒子，他們入了日本小學三個月後，已經可以完全用流利日語和本地人溝通，更充當我們生活上的小翻譯呢！此外，因為他們入讀了當地學校，我們會經常從學校收到關於社區的第一時間資訊，這令我們比從前對自己旅居地更靈敏，了解得更深入。

還要注意一點是，我們旅居停留當地的時間會配合學校的開課日程。這樣的話，你就可以盡快把孩子放到學校上學，然後自己有時間去處理其他事

務。特別是移居初期，初到貴境，有很多繁瑣的事務要親身處理。讓孩子安心上學，你就不用帶著他們四處頻撲。

該如何和兒子說明旅居的概念？

毋須要特別鄭重「說明」甚麼，簡單描述是最好。其實就是跟他說要去一個長時間的旅行玩，旅行其中也會到不同學校上學，認識新朋友。我們沒有把這個「要離開的概念」說得特別嚴重，因為父母的心態，主導孩子的心態。父母開心迎接這個「悠長假期」，孩子也自然懂得欣然接受。

相反，如果父母對此事都帶著憂心忡忡的情懷，孩子天生第六感特別強，一定會感受到你字裡行間的憂慮。我們見過不少移民家庭，都是帶著這種「擔心」的情緒離開，然後這種「唔開心」的情感一直去到新地方揮之不去，自然影響到在新地方的適應，每每思念家鄉，最終患上抑鬱症。只要父母開心和專心去適應，孩子必定可以適應異地生活！因為孩子天生的適應能力比大人更強！

不怕兒子們和朋友會失聯

「失聯」是肯定的！作為成年人，你自己還有幾多幼稚園同學或小學同學是有聯絡的？！

然而，現在科技發達，很多我以前「失聯」的小學同學也在不同的社交媒體上再「相遇」。不過坦白說，就算「有聯絡電話」的朋友，都可能各有各忙，未必會「相約而見」。但已經「失聯」的朋友，又可能會因為各種「緣

自遊人生
旅居藍圖

份」得以再聚。人生就是這樣，朋友之間總會有離離合合。俗語有云：「今生相見，必有相欠！」哈哈！

國際學校的不同學制

以我們曾旅居的地方，曼谷和沖繩為例，兩處都是鄰近香港的亞洲城市，而絕大部份位於亞洲的國際學校都是為鋪排學生將來到歐美留學而設的。當然，在國際學校的學生也可以報讀本地的大學，但他們就會以外國人身份報讀。他們會像香港的 Non-JUPAS Applicants 一樣，以英美公開的考試成績申請入學，排的是與本地學生不同的另一條隊。如果他們只懂得英語，不懂得泰語和日語，可以選擇的大學課程就會較少，只能選擇報讀授課語言（Medium of instruction）為英語的課程了。

不過，在外地選擇了入讀國際學校的學生，他們通常會視出國留學為理所當然的選擇。一來是受朋輩影響，來自西方國家的同學通常也會返回自己的祖國修讀大學，受其感染，也自然覺得到海外升學理所當然；二來，國際學校的學生根本就不會參與本地的高考，他們的課程都是國際文憑課程，即 IB 課程（The International Baccalaureate），英式或美式制度，所以他們考的高考也將會是 GCE-AL ／ SAT 再加 TOEFL ／ IELTS。

其實，大部份的國際學校，根本上就是一間「高級海外留學中介人」。如果這間國際學校的背景是美資的，那麼學生就會考 SAT ＋ TOEFL，然後升讀美國的大學。英資的國際學校也一樣，就是 GCE-AL ＋ IELTS。

我之前在成都認識了一位香港朋友，她是一所英資國際學校的校長，而她的工作就是把學生推薦到英聯邦國家的大學，即英國、加拿大、澳洲等。

當然，現時很多大學也非常歡迎海外學生（包括香港大學），學生可以用他們的 IB, SAT 或者 GCE-AL 的成績報讀其大學。

好了，說明了這麼多不同的制度，家長應該如何選擇呢？很簡單，如果最終希望孩子到英國、澳洲升學的話，選擇學校的時候，就應該選擇行英式學制的國際學校。要是想孩子去美國、加拿大升學的話，揀選學校的時候，就應該選擇行美式學制的國際學校。

至於 IB 課程，由於行 inquiry-based learning，講求學生有自主學習和解難能力，適合有主見，有獨立思考和分析能力強的學生。雖然美國大學頗喜歡學生修讀 IB 課程，認為選擇 IB 課程的學生會比較願意接受挑戰、靈活、有創意和有主見，亦有報道指出全球 Ivy League 大學收錄讀 IB 課程的學生比普通課程的學生稍高 18%，但有利亦有弊，IB 課程並不是所有學生的那杯茶。能在 IB 課程裡名列前茅的通常都不是「死讀書」型，加上英國大學不如美國大學般著重學生是否通才，反而認為學生能夠 focus，培養專業技能比較重要，所以如果只從實際角度看，IB 課程又好像和「能否助孩子入大學」沒有一定關係。

自遊人生
旅居藍圖

3.5

外國的
醫療保障

大家有沒有試過旅遊時水土不服,看診時因為是非本地人而付上一大筆醫療費用?那時候不單是身體不舒適,連荷包也同樣重創。在香港,我們大可打 999 用母語廣東話求救;在外地,緊急救援電話是甚麼?接電話的人很可能在說外語。若對方不懂英語,怎溝通?這些都會是深思熟慮的人會關心的。

泰國醫療真實經驗

有人問,泰國醫療可不可靠?公立的,我們不清楚。因為以外國人身份長期居留泰國,不是泰國國民的話,是不可享有當地公立醫院的醫療服務的。所以,身為外國人,如果有任何「頭暈身㷫」,就只能去私立醫院。私家醫院的收費當然並不便宜,有醫療保障考慮的人,可以在來泰國之前選擇購買環球旅遊醫療保險。

我們一家人都算頗幸運的，不知是不是天氣好，吃得健康又經常運動的緣故，在泰國旅居時，我們沒有去過醫院，亦沒有看過醫生。反而，早前親友在清邁旅遊時，因為不小心差錯腳跌斷了骨，我才從沖繩飛到清邁探病，第一次親身踏足泰國私院。

親友所入住的私家醫院是在清邁相當有名的 Chiang Mai Ram Hospital。此醫院是泰北地區第一家被國際聯合委員會（JCI）認可的醫療機構，醫療設施均達 ISO 9002 標準的最新設備，所以衛生保健服務較有保證。在泰國，大部分私家的醫療機構在亞洲屬數一數二的。這所醫院醫生、護士和醫護人員都懂英文，更有專責職員負責中泰翻譯。不過，如果有人能略懂泰文和清楚泰國人的做事作風和文化，溝通上一定會更有效率。這亦是我為何從沖繩趕過去的原因。

自遊人生
旅居藍圖

到達醫院，主診骨科醫生 Dr. Yuddhasert Sirirungruangarn 認為當事人已七十多歲，年紀也不輕，跌斷骨不做手術而又搭飛機送返香港非常危險，在當地做手術會是最妥當的方法。根據他的説法，一般患者在做完手術後三至五天已可走動。網上查看他的履歷，原來他相當有經驗，更被邀請到清邁的大學和醫科生分享他的醫學心得。和親友家屬説出手術利弊風險，他們也相當果斷，立刻答覆醫院會在清邁做手術，免得錯過黃金治療時刻。醫生知道後，亦立刻排期為病人做手術！這是我在泰國旅居這麼久以來，第一次見到他們這麼快速，這麼有效率！

手術非常成功，醫院配合一天兩次的物理治療，對當事人的復原很有幫助。結果，真的如醫生所説，過了幾天，當事人已可用 Walker 步行。由於親友事前有買環球旅遊保險，所以所有住院費用以及手術藥物費用都全數由保險公司支付。

而我所見，醫院內的病人通常都是遊客或者長住泰國的外國人，當中更有一些來養老的歐美銀髮族，需要長期住院服務。

日本醫療福利

「日本」這個國名，本身就是信心保證，大家都應該認同日本的醫療是世界級的。在日本應診會有一種令人安心可靠的感覺。如果你是短暫三個月至半年停留日本的，可以簡單考慮購買環球旅遊醫療保險，因為如果你沒有他們的「國民健康保險卡」而接受當地診療，要承擔的醫療費用將會相當高。

在日本，政府部門會列出哪些醫院有英語或普通話翻譯。但醫療專科翻譯的人材實在非常缺乏。我們的朋友是英日翻譯，特別是醫療專科翻譯。她在醫院時已經忙得要命，而且在工餘時間，也有很多醫療機構找她翻譯醫療器材的使用手冊或者是病人的病歷表。日本醫療人員做事非常謹慎，所以在日本最好懂得基本日語會較方便，這樣就可以避免不必要的誤會，因為始終醫療都是人命攸關的大事，小心行事為上策。

國民健康保險

如果你是旅居日本一年或以上的，你所拿的便會是長期居留日本的簽證。日本是福利國，亦傾向重視公平，一視同仁；所以就算你是外國人，只要你是被批准可以長期居留的，都可享用和國民一樣的醫療折扣。一般來說，你只需要付三分一醫療費用，其餘的三分二費用都由國民健康保險承擔。以補一隻牙為例，如果持有「國民健康保險卡」，你只需付千多日圓的診金，即約 100 港元左右的費用。

不過，有權利必有義務，大前提是，你必須強制性地購買當地的國民健康保險。就算你已經有環球醫療保險，或者你身體健壯，一向都不生病，你也不會獲豁免參與國民健康保險的。至於每年總共要交多少國民健康保險費，是根據你的個人入息收入而定的，所以每個家庭所支出的保險費會略有不同。

福利是享用不是「榨取」

雖然有人說，能享有這醫療福利，真是很讚；有些人更認為應該「用盡」它。但我們反而會想，為甚麼有人會覺得可以常常以便宜的價錢去看醫生是件好事啊？不是無病無痛更好嗎？此外，將心比己，如果到了別人的國家，經常拿人家的福利，別人會怎樣想呢？「己所不欲，勿施於人」，所以如無必要，我們都覺得這種福利，可免則免。

國民待遇

除非選擇移民，成為當地居民，否則仍屬外國人的你是不可能享有當地國民待遇的。觀乎泰國的精英簽證或者退休簽證，都說明外國人必須購買當地的醫療保險，意思就是說，外國人不能享有本地的公共醫療服務。而萬一發生意外，有甚麼「冬瓜豆腐」，外國人便可到私家醫院診治，從保險索償。

此外，在泰國，外國人亦不能享用他們國民教育福利和政治權利。如果會帶同小孩前往當地，便需要有心理預備要支付國際學校或私校的學費。

至於日本，除了政治權利，即選舉投票和參選外，外國人是可以享有和國民一樣的醫療和教育福利的。

生活節奏
慢下來

文化差異，有三個方面。一是我們與當地的政府機構。二是我們與當地的私營機構。三是我們與當地朋友之間。

先說我們與當地的政府機構的關係。首先，我必須聲明，我認為香港的公務員團隊是全世界最優秀的！雖然此刻你未必會認同，但當你親自經歷過在外國的政府機構辦事時，你將會對現時香港的政府機構的辦事效率刮目相看。

唔好急亦唔好太快

我曾經在英國、泰國、中國和日本長期生活過。正是因為要「生活」，所以必須要跟當地的政府部門交手，才可以得到生活上的支援，例如是身份證明文件（簽證）、車牌、健康保險、銀行戶口等等的生活文件。如果你是土生土長的，那麼這些東西都是用長時間累積下來的，也不需要「一次過」在短時間內去領取或換取。

遊人生
旅居藍圖

可是，當你去到另一個國家生活，就完全不同。由於你需要一些「文件」才可以「生活」。所以當你還未出發之前，你已經需要在該國的領事館辦理入局的簽證。這就是你第一次跟該國的政府機關交手的機會。

當你到達當地之後，你幾乎第一件事，又是要去當地的政府部門（當地的入境處），辦理你的身份證明文件，例如是在你的在護照上加上在留簽證的文件。另外，你也需要到你所住的地方政府合署，登記你的居住地址。如果你要換領駕駛執照，那麼你又要到當地的運輸署辦理你的新駕駛執照。在香港，把駕駛執照續牌，只是簡單的填表，提供住址證明和付款，就可以在 30 分鐘內批出新的駕駛執照。但如果你是在另一個國家，就算你在香港已經擁有車牌，當地政府有權要求你先考取筆試（有時甚至是路試），再加眼力測試，才可以換取當地的駕駛執照。

另一點要留意的，就是不要以為只要你擁有國際駕駛執照，就等於可以在當地駕駛。國際駕駛主要是對「遊客」到當地自駕遊提供方便。但是如果你已經是在當地生活的話，那麼你的身份就不再是「遊客」，所以國際駕駛執照不再是有效的

文件。通常當地政府都有一年的寬限期，讓你可以考取當地的駕駛執照。

為甚麼我們要提出你要去適應於當地政府機關的文化差異？因為在香港，我們已經完全習慣了「快靚正」的政府服務。很多時候你都可以網上預約，省卻排隊的時間。另外，香港的公務員團隊，都是手快腳快的香港人，所以他們都會以服務市民為先。

然而，當你到了外國生活時，你並非他們的「國民」，所以其實你並非他們的「優先」服務對象。另一方面，正因為你是外國人的身份在他們的國家生活，很多時候你去到當地的政府機構辦理簽證時，都要與其他一眾外國人一起排隊等候。例如在泰國，我們要去辦理 90 日報到或簽證續期時，都要預早凌晨 5 時由家裡出發，到泰國曼谷北部的政府總部排隊拿籌。我大約 6 點 45 分到達那裡，已經有三四十人正在等候開門。到了 8 點 30 分開門時，已經有超過 200 人在等候。還有，除非你是續簽證的「老手」，否則你很容易會排錯隊。我自己也試過一次，排了 45 分鐘拿籌，怎料那條隊原來是「詢問處」的，白白浪費了很多時間。要知道，時間就是金錢。每兩三個月就要這樣的折磨自己一次，就算沒有金錢壓力，都有心理壓力。

有見及此，就有一些續簽證的代理人（Agent），提供 VIP 的服務，即是他們會待你排隊，然後你只要到時到候出現，就可以輕鬆辦理簽證。然而，這些服務當然是要額外付費的。

遊人生
旅居藍圖

怎樣證明我個仔是我生的？

這是我們真實遇到的要求！那時候我們在泰國，要幫我的兩個兒子續領簽證，所以早上凌晨 5 點帶著還在睡覺的兒子出發，去曼谷北部的政府總部排隊拿籌。8 點半開門，拿籌之後，我們還未吃早餐，已經要在另一處地方填表和再排隊見入境處的官員。終於到了 11 點半，輪到我們了。那位入境處的官員看看我們的表格，然後跟我們說，你們來錯了地方。

我們聽到之後，嚇得發抖！那位女入境處官員見到我們的表情後，就慢慢的解釋給我們聽，原來我們兩個孩子的學校，是在曼谷的外圍，屬於另一個「區政府」管轄，所以曼谷市政府不可以為我們辦理簽證續期。由凌晨 5 點到 11 點，就這樣浪費了六小時，還未計算當中的的士錢。不過這些都不要緊，最重要的是我們還要另外再找一天，再跟學校請假，再把整件事（排

隊、拿籌、填表、見官等等）重複一次。請明白，如果我們在香港，就算你是住在沙頭角，你都可以到牛頭角的政府合署辦理你的事情。但在其他國家，你必須要尊重他們各區各處的辦事方式。

好了，終於到了那一天的來臨，今次已經確定了管轄孩子學校的區政府，又再一次凌晨5點出發。今次準備充足，應該萬無一失。然而世事就是這樣，當你住在外邦地方時，總是有很多驚喜的。今次的入境處官員，說我們雖然來對了地方，可是我們的文件不合格。她又再跟我們解釋，我們要證明這兩個孩子是我們生的。這一點真的把我們推至深谷，因為我們兩個孩子的出世紙在香港。最終我要買機票返香港，就是為了要親身把出世紙帶到泰國。

OK，又再另一天，又再凌晨5點，下刪千字。我們今次帶了出世紙，可以「證明」這兩個孩子是我們的孩子。哈哈！那位入境處官員說，你的文件是由香港帶來的，我們泰國政府不可以承認。所以我們必須要先到曼谷的中國領事館，把我們由香港政府發出的出世紙做一個驗證真身的手續（Authentication），然後再到泰國外交部做一個泰文的翻譯本（Translation），才可以用來申請簽證續期。天呀！幸好我們得到泰國的中國領事館的幫助，他們知道我們兩個孩子的簽證快要到期，所以特別快速處理了我們兩個孩子出世紙的 Authentication，然後又幫我們安排的士到泰國外交部，更跟那邊的同事提及關於我們這個個案。所以當我們到了泰國外交部時，我們馬上按中國領事館人員的建議，很快就完成了出世紙的泰文翻譯本，獲得所需的文件。

遊人生
旅居藍圖

讀到這裡，我相信你已經明白我們想要跟你們說的，就是千萬不要以為當地政府部門是會「理所當然」的幫助你，很多時候都要 trial & error，才可以順利把事辦好。

非官方服務更繁複

至於商業機構的文化差異，也是你需要好好處理的。其中一個就是當你去搵屋和開銀行戶口時，你必須要地產代理和當地的銀行幫助，才可以完成相關的手續。當我們在香港，泰國和中國時，每當我們走進地產代理的店舖時，都會很歡迎我們去詢問和參觀鎖匙盤。可是當我們去到日本時，他們都是以一套「非誠勿擾」的態度，禮貌地跟我們說，如果我們沒有長期居留簽證的話，是不會給我們看任何鎖匙盤，極其量就是給我們一些盤紙看看就是了。所以千萬不要以為你是「客人」就會受到貴賓式對待。這在一些地方是很不同的。

說到關於開銀行戶口，如果有外國人到香港的銀行開戶口，因為香港是資金的自由港，所以基本上只要你有有效護照，就可以開戶口。當然，為了打擊洗黑錢，銀行職員會把你的資金來源上報至打擊洗黑錢的部門，但是你的戶口依然是可以很快就開通的。

可是在其他地方，例如是有外匯管制的國家，一般對你開戶口的資金來源會很小心的。特別是當你把大額度金錢存放入他們的銀行時，他們都會問長問短，有機會拒絕你的存款要求。例如我們在泰國時，都只是某幾間銀行是可以讓居留在泰國的外國人開戶口的。有些甚至講到明說不能幫持有

本國居民身分證以外的人開戶口。我們在泰國時，也需要語言學校發出一封信給我們，才可以到指定的銀行開戶。

在日本時，我們也曾經到過好幾間銀行嘗試開戶口。首先遇到的，就是語言不通的問題。第二就是他們對我們這些外國人簽證也很小心。雖然我已經有長期居留簽證，但是在日本並沒有公司聘請我，所以也不能夠為我開戶口。有一間銀行幫我查問過，說我需要在逗留日本六個月之後，才可以在該銀行開戶口。這些對我們一貫在香港生活的人來說，都是匪夷所思的事。但我們如果從他們的角度出發，又會明白他們這些措施。

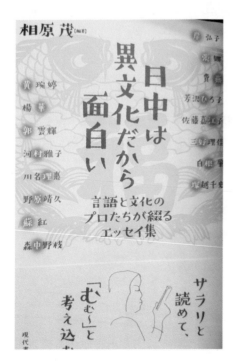

總之我們在外國生活時，一定要把自己在香港的方便快捷這種心態放下，然後細心的研究他們國家或商業機構的服務範圍及要求，才可以適應這些文化上的差異。

至於我們如何與當地的朋友談文化上的差別，就留在下一節才談。

◀ 一本寫給日本人看的書，由中國和日本的語言和文化專家的文章一起集成，講述有趣的日本和中國文化差異。

3.7

擁抱異地
生活差異

正所謂「民以食為天」，要選擇在某個地方居住，附近「有咩食」自然也要考慮。

香港人的多元口味

有一位香港基金經理，去菲律賓長灘島旅行後，有感而發地說，這兒每天都是陽光與海灘，確實是很美麗，令人感到很放鬆，來旅行不錯，但若果他朝要移民來這兒，就不必了。

他告訴我們，那兒的食物選擇少，來來去去只有炸雞、烤肉、漢堡包、披薩和意大利粉，更不要奢望找到一間正宗的中餐。長灘島當然不像香港這個國際大都會，隨便去一間 food court 也可享用全球各國美食。對曾經到過外國生活的他來說，要他肯去某地方長住，首要條件是所住居所附近要有好味的中餐吃！

這樣說好像有點奇怪，這也難怪的，香港人平時約朋友出外吃飯，通常不

是揀日式就是韓式又或者東南亞菜,要不然寧願選擇西餐也甚少揀中餐(父母生日,喜慶團年酒樓聚餐除外)。但人就是這樣,經常在身邊的,好像視而不見,到沒有了,才會發現對它依依不捨,非常掛念!

不過,當你長期住在海外,就會慢慢明白他所提出這個「首要條件」是合情合理的!

飲食文化差異

泰國 飲食文化

旅居泰國的一個好處是,泰國能滿足我們上述所提出的問題。泰國,特別是曼谷,華僑非常多,他們大多早年從潮州,福建和廣東遷移到泰國居住,早就已落地生根,很多更已經是在那邊第四、第五代的華人。就像我們住在泰國的親戚,已是第四代土生土長泰籍華人。雖說他們是華人,但很多已經不懂得講中文,只能講泰文和英文。慶幸有這些華僑開了不少廣東茶樓,潮州菜館,所以就算大家有時想吃中餐也有選擇。

沒有住過那邊的人可能不知道,其實泰國華僑,甚至泰國人也慶祝中秋節的。臨近中秋節,商場會有中秋佈置,節日氣氛濃厚。泰國華僑一定會買月餅水果等拜月慶祝,一家人團聚吃飯。至於泰國人,他們好甜,所以特別喜歡吃我們的月餅,也會趁高興一起買月餅慶祝。當然在超市賣的月餅和酒店推出的月餅無論在價錢上和味道上都有很大差距。如果只是買來做樣過節的話,超市月餅絕對沒問題,如果要吃高質素,或者近香港口味的,可能就要買酒店月餅了。

自遊人生 旅居藍圖

所謂正宗酸辣

至於泰國菜本身則出名以甜酸辣見稱，而且非常重口味。很多香港朋友會跟我們說，我們好喜歡吃泰國菜的，餐餐吃也沒問題。但是，請你知道，在香港的泰國餐廳所進食的泰國菜其實大多已經本地化，泰國街邊的炒雜碎，加入生蟹的木瓜絲沙律你永遠不會在香港泰國菜館見到。為了迎合香港人口味，就算請了泰國大廚主理，也不會完全正宗的把泰國菜搬過來。他們會把辣度酸味度調低，因為要是香港人接受不了，就等於沒人來幫襯。始終從做生意的角度來看，符合市場要求，稍作市場調教是必須的。如果本著喜歡香港泰菜而來，以為自己可以輕易融入本地正宗泰菜，可能會大為失望。

不過，住在曼谷，食物選擇是多的，不一定要餐餐食泰菜。隨便走入 Siam Paragon 的 food court，泰國菜固然有，但裡面亦有日韓菜、印度菜、中菜、西餐，甚至是素食的選擇。不過，這可能只限於大城市曼谷，要是你所住的是南部的喀比又或者是北部清萊，就未必有這麼豐富的選擇了，不過，我們認為既然決定了出走，最好都是放低自己本身的飲食偏好，好好融入當地的飲食文化。

「走冰」是奇怪的要求

不得不提的，是泰國人喝飲品的一個小習慣——加冰，還要是加一大杯冰，「冰有咁大粒得咁大粒」！要是你在餐廳點了可樂，他們很多都會上一罐不冰的鋁罐可樂，然後再放下一杯裝滿冰塊的玻璃杯給你。此外，在街邊隨時可買到的泰式奶茶，泰式檸檬茶，全部都很甜，甜得令我懷疑泰國人得糖尿病的比率是不是比其他國家高呢？

此外，如果你以平時買台式珍珠奶茶的心態去買泰式奶茶的話，就一定撞大板。甚麼小甜，少冰，走甜，走冰，對他們來說簡直匪夷所思！有次我和一個在街邊做泰式奶茶生意的亞姐傾計，好奇問她，遊客這樣要求的時候，你會怎樣？她說：「她也會順應做給他，但是心裡面會覺得好奇怪，為甚麼這麼熱，還走冰呀？少甜？不甜不好味喎！」

泰國人沒有華人養生少吃生冷食物的概念，所以你叫走冰，他便立即知道你不是當地人。對於以上種種，起初我們也有少許不習慣，但過了不久，我們已被同化，現在每逢夏天飲水時，總會先把冰放滿一大杯，才把水倒進去喝，哈哈。

遊人生
旅居藍圖

日本 飲食文化

日本的飲食文化相對較易被香港人接受，壽司刺身，要烹調的比較少，主要吃食物的原味。就算是要烹調的，味道相對較輕，相對泰國菜是沒有那麼重口味的。

日本人重視均衡飲食，所以在一個普通套餐裡，你不會看見只有大魚大肉，他們會有肉類亦有菜類，加上發酵食物例如漬物和麵豉湯，豐富得來不失健康，難怪是長壽民族。事實上，日本菜已融入香港人的飲食文化內，所以要香港人適應日本的飲食文化是不難的。

日式文化 選擇以本土食材為主

至於食物種類是否多元化和國際化，由於我們選擇旅居的地方是日本沖繩，而非大城市東京大阪，所以在這方面真的不能夠和他們相提並論。比方說，在普通一間商場的 food court，你只會見到讚岐烏冬、沖繩蕎麥麵、京都拉麵、日式咖喱和西式意大利粉。如果要吃到國際化的食物便要到沖繩大型商場 Rycom Ason Mall（永旺夢樂城沖繩來客夢），那邊的 food court 才會有韓國菜，泰國菜，中華料理，西餐等。

此外，日本沖繩較少有早餐店。要數有早餐賣的地方，除了麥記，便是 Mos Burgers。這兒幾間有早餐賣的餐廳都是外國人開的。日本人的早餐都是在家中吃的，上班族如果很忙的話，他們會到便利店買飯團或者三文治吃。以早餐這一點來說，日本便利店的早餐很難與香港茶餐廳的早餐相比，前者放在雪櫃凍冰冰，日式為主，選擇少；後者新鮮出爐熱辣辣，中西合璧，多元化。還未計中式茶樓點心款式多籮籮。不過，說到底港式茶餐廳的早餐都只是火腿出前一丁加多士煎雙蛋，自己在家也可以弄到的。

飲品方面，日本人飲的奶茶／檸茶都比港式淡。在喝咖啡方面，不知道為甚麼，日本人傾向喜歡喝齋啡，不加糖，也不加奶。之前都講過，我們住完泰國以後，已被同化，所以喜歡喝泰式那種多糖多奶的咖啡。來到日本的咖啡店點咖啡，侍應只會捧上一小盒奶，和一小包糖，對我來說，就算加了入去也沒太大作用。日本人愛喝酒，所以居酒屋林立，沒辦法他們平時比較拘謹，只有靠「啤一啤」，才可以放鬆。沖繩人比較支持本土，特別愛喝沖繩 Orion 啤酒和琉球泡盛（一種沖繩烈酒）。

自遊人生 旅居藍圖

馬來西亞 回教國家可以飲酒嗎？

有些對移居馬來西亞有興趣的人問我們，在馬來西亞這個回教國家，他們可以飲酒嗎？答案是可以的。

根據當地法律，年滿 21 歲以上的人可以飲酒，並且只有非穆斯林才可以買酒。在當地超市特設的區域裡有售賣酒和豬肉，但對象主要是當地華人和外國人，不可喝酒和吃豬肉的穆斯林是不可以買的。普通品牌的啤酒如 Carlsberg, Tiger, Heineken 等都有，但是價錢較貴。要是被發現買酒或豬肉，會被告上宗教法庭。當然非穆斯林不受管制，不過基於尊重，非穆斯林不會刻意在穆斯林面前喝酒。

更多詳情請參閱李偉榮著的《富居檳城》。

宗教文化差異

泰國 信奉佛教

泰國是佛教國家，當地大部份人都信奉佛教，但他們不會要求外國人跟他們一樣，要一起信佛。不過住在別人的國家，尊重別人的宗教信仰是必須的禮貌。

除了要識得「入屋叫人，入廟拜神」外，對泰國皇室也要表示尊重。泰國人非常敬愛泰皇，特別是剛去世的拉瑪九世（Rama IX），是全國百姓的「父親」的象徵，所以泰國的父親節和其他地方的都不一樣，落在泰皇生日那天。泰皇這麼受愛戴，一方面是因為他勤奮愛民，經常四處探訪山區的農

民，海邊的漁民，為這些窮苦的人開辦國家漁農實驗計劃，又親力親為帶領進行各種實驗，然後將實驗成果轉移給民間，人民耳濡目染，自然對皇室產生敬重的心。另一方面，泰國有「冒犯君主罪」，發表煽動性或侮辱皇室的言論都可以被檢控，一旦罪成，最高可被判刑 37 年。

佛系做事方法？

至於泰國人民，泰國有「微笑國度」見稱，人民相當友善。雖然好錢財的人到處都有，但是對很多泰國人來說，錢並不是萬能的。你可能會很詫異，但我們就聽過很多身邊的外國朋友講，泰國人會寧願準時放工去玩都不 OT 賺多些錢。

我們在《全家變泰》提及過的那位布吉富爸爸，他是個在當地有三層獨立屋收租的澳洲人。在出租之前，他經歷過叫泰國裝修工人幫他裝修獨立屋之苦。他以為先支付他們一半工作費用讓他們開始，然後根據進度到完成整個裝修工程，再付尾數，是國際慣例。怎知道，那些裝修工人收了一半工作費後，裝修了一段日子，竟然完全停工，原因是他們要回鄉下過泰國新年！他以為放完兩星期的假後，裝修工人會回來，但他們一直都沒有。結果，他們要到錢都用光了才回來工作，工程當然亦不能如期完成了。

以勤奮和講求合約精神的香港人來說，和泰國人合作，可能會有拉牛上樹的感覺，沒辦法，他們慢活隨心，樂天愛玩，口頭禪是「mai pun rai」（中文「不要緊，沒所謂」的意思），所以和他們做朋友你會覺得很舒服開心；和他們做工作夥伴卻可能會激到噴血！

自遊人生
旅居藍圖

日本 宗教自由

日本是宗教自由的國家，沒有國教。神道教與日本佛教是日本的主要宗教，而且多數日本人同時信奉神道與佛教。事實上許多的日本人都沒有參加任何宗教組織，只會在結婚喪禮和祭祀中，參與傳統上的宗教儀式，就此而已。雖然不少年輕人會在節慶時跟隨長輩進行宗教儀式，但實質卻是無神論者。雖然如此，他們在節慶時，還是很熱衷去廟宇拜神和祈福的。情況可能像香港人於農曆新年時，會去車公廟拜神上香，但平時在家卻沒有特別供奉車公一樣。

至於日本文化，要說真的可以講三日三夜也說不完。雖然日本深受中國文化和外國文化影響，但融入了自身文化後，又變得非常獨一無二！ 主要來說，日本人非常重視禮貌，在他們的語言裡已反映出來。在日文裡，你會聽到很多「敬語」（即特別尊敬的言詞），對長輩、同輩和晚輩的用詞不一，以表達尊重或權威。他們階級觀念強，男女地位不同，對深受西方公平文

化影響的香港人來說會頗有 cultural shock。當然，日本人知道你是外地來的，通常也不會把自己那套放在我們身上，知道這點後有助我們跟他們打交道。例如：遇見日本年長鄰居，我們也會很尊敬地用「敬語」和他用日語打招呼，因為他們沒想過外國人會懂得日語，又用上「敬語」，所以會感到非常歡喜。

從「禮」的文化延伸下去，是「不打擾別人」的文化（Mindfulness of others）。因為守禮，所以很重視會不會麻煩到別人。他們大多數會視麻煩到別人為沒禮貌的行為，好處是我們去到日本任何地方都會覺得很安靜整潔舒服，大家都以禮待人。不過同時，你會發現日本人很多都頗內斂，說話婉轉不直接，不輕易流露己見，盡量要和別人一樣，不突出自己。

這些都和說話直接，慣於表達己見的香港人非常不同。如果你感到和他們有隔閡，請不要覺得意外，因為就算新相識的日本人間也會有這種隔閡。很多時，你會看到他們要到居酒屋飲多兩杯才能表現自己真性情和減壓。

丟垃圾也有講究

香港暫時未法定垃圾分類，但日本所進行垃圾分類是非常嚴謹的，可燃燒和不可燃燒的、紙品、塑膠、鋁罐全都要分。棄置家俬電器是需要收垃圾費的，因此真的要想清楚才買。不是垃圾費貴的問題，而是打電話用日文和他們約時間來收的問題。

自遊人生

旅居藍圖

另外，他們一星期才收兩次家用垃圾，不像香港一樣，每天也有清潔員工收垃圾，所以所有汽水罐，有食物殘餘的盒也要先清洗乾淨才掉進垃圾桶或分類桶，否則很容易生味道吸引螞蟻甲由光臨。

總括來說，我們覺得世上沒有不能適應的文化，只有開不開放的心態。入鄉隨俗，願意「In Rome, do as the Romans」的話，永遠無往而不利。當然，能做到「海納百川，有容乃大」就更高層次啦！

自遊雲端之門

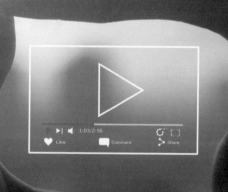

4.1

甚麼是
地域自由

近幾年，人人都把「Location independent」（地域自由）掛在口邊，但有幾多人知道甚麼是「地域自由」呢？字面意思是可以不受困於辦公室，在哪兒工作都可以。但「地域自由」又怎限於這個狹義？我們親身經歷過，所以可以告訴你，「地域自由」真是「正到無朋友」！

對我們來説，「地域自由」是：

— 你可以隨時隨地去你喜歡的地方，沒有上司會過問，你也不用和公司請假，因為你已經長期在放假狀態。

— 你不再需要浪費時間塞車上班，穿著不舒服的西裝，坐在狹小的公司 cubicle 內繃緊地工作。

— 你可以按照自己定的時間表工作，隨時可以 take a break ！

所以，老闆派你去外地工作，在外國做 Expatriate 海外僱員不算是「地域自由」，因為你仍然需要隨時聽候上級命令，而且地方不由你選擇。公司

通常給很多 initiatives 給 Expats，如房屋津貼或子女學費津貼，去利誘他們到國外為公司打拼。

我們在曼谷那年就遇到很多 Expats 貪圖這些「福利」而來的朋友，他們看起來生活無憂，享有各種福利，但是只要公司盈利出現問題，突然要裁員，他們就只有肉隨砧板上的份。同時，他們亦沒有自由選擇想去的國家，今天他們被派到曼谷笑呵呵，他朝也可被派到山旮旯好坎坷！

往日移民斷六親　何不旅居玩全球

香港向來都是移民城市，有人來亦有人選擇走。八十年代尾九十年代初，變賣家產、舉家移民到外國的例子不少，身邊總會有一些親朋戚友「移過民」。以往有親朋戚友移民，大家都會到機場送別，因為我們知道他們是真離開了。加上他們移居的地方大多以西方國家為首，坐飛機前往也要十多小時，下次再見面也真的不知是何時。另外，當時的通訊科技也沒有現

遊人生 旅居藍圖

在那麼多元化和便宜，打電話到美加都要利用 IDD 收費電話，收費以每分鐘計，就算心裡很想和故鄉的親友保持聯絡，也只好一句起，兩句止。久而久之，少了聯絡，少了共同話題，情誼自然慢慢生疏。

旅居則是完全不同的一個概念，它沒有移民那麼沉重，要經過多番深思熟慮。對我們來說，旅居就是暫時出外遊學，深度體驗不同地方的文化，打開心扉，放眼世界。香港是我家，遊歷完畢，隨時可歸來。簡單來說，旅居只是時間較長的旅行而已。

好奇想繼續遊歷的話，也可隨時再延期，時間表由自己制定，自由度高。在旅途中，我們遇到很多旅居達人，他們當中有人很清楚自己的心頭好，會選擇只去一個地方旅居；亦有人選擇去全球多個地方旅居，過「大地任我行」的生活。但無論是哪一種選擇，都總比移民過後才後悔，發現當地並不是自己「那杯茶」好。

很多時候，沒有移過民的人總會羨慕移民到外國的人，但移民到海外的人，

應該深明白許冠傑歌神所唱的「實在極不願移民外國做二等公民」的心情，要不然也不會有這麼多「移過民」的朋友要回流香港吧。

「三小時生活圈」概念

上一輩移民的人都傾向去已發展的國家如歐洲美加澳紐等，但近年卻興起「三小時生活圈」概念。

「三小時生活圈」就是以自己的所在地（香港）作中心，畫出飛機行程三小時之內的生活圈，作為選擇旅居的地方。好處是就算有甚麼突發事情要回香港處理，也可以隨時訂機票飛回香港。此外，回港探望親友，又或者親友想出國探訪，也因為距離近，機票平，而容易成事得多。再者，如果在香港還有生意業務，有需要也可以隨時飛回去傾生意接工作。

一機在手　掌握全球

之前也提及，以往要打電話給海外的親友，也需要用 IDD 收費電話。現在就簡單方便便宜得多了，只要手機有上網服務，便可以運用 Skype, WhatsApp, Facetime 等程式打電話給對方，甚至可以即時視像對話。網上社交媒體如 Facebook, Instagram 等等更令你好像沒有和親友分開過一樣，你可以隨時從他們的面書看到他們的生活動態，亦隨時可以發信息給遠方的朋友問好，人與人之間的距離只是「one click away」。

我們已經到達「一機在手，掌握全球」的年代，想知道最新全球各地資訊，不再需要在當地買報紙雜誌，網上有海量免費報紙雜誌資訊供你搜查等訂閱。連處理銀行事務，也可以轉用網上銀行，就算在海外也可以輕易理財。

自遊人生 旅居藍圖

4.2

有手機
得天下

近幾年，傳媒開始很喜歡用 Digital nomads（數碼遊牧）這字眼來形容一些只需要帶著電腦，有 Wi-Fi 就能工作，能不受時區地域限制的工作群體。

看似是近年才新興的字眼，實則 20 多年前已經存在，只不過近幾年因互聯網資訊科技，電信設備日趨成熟，經濟、社會數碼化程度加深而逐漸壯大流行，甚至成一種全球現象。根據美國最近的一份調查報告，現時保守估計至少有幾十萬在世界各地的「數碼遊牧」，而且數目更是日益增加。

很多東南亞地方如印尼的峇里島更成為一眾數碼遊牧的天堂，當地生活水平低，co-working cafes 越開越多，一杯咖啡的價錢就能讓你無限量使用高速 Wi-Fi，安坐在咖啡室內休閒地工作一個下午。這種寫意生活真的令許多不想每天逼地鐵逼巴士，過著刻板辦公室生活的人轉行，加入他們的行列。

網絡「搵錢」大法

由於 Digital nomads 只需要帶著電腦，有 Wi-Fi 就能工作，所以你不一定要成為 IT 才俊或者環球股神才可以過「地域自由」的生活。因為凡運用電腦網絡生財的人都可以成為數碼遊牧，所以他們的工種非常廣泛，差不多你想到運用網絡「搵錢」的方法，都可以是他們用以為生的技倆。

數碼遊牧工作種類繁多，我們會在這文章先集中講要「拋頭露面」的。這類數碼遊牧通常是因為自媒體興起而引申出來的網誌博主(Blogger)、Youtuber、 Facebook 專頁紅人，擁有自己頻道的 Youtuber。雖然他們報導、傳播、主張的東西不一，但他們都有一個共通點，就是擁有不少 followers。

這類數碼遊牧是具有影響力的人士（Influencers），他們不一定是傳統電視電影明星、模特兒和專家，反而是對某範疇例如旅行、理財、教育、育

遊人生
旅居藍圖

兒、美容、潮流裝搭、烹飪等有精闢見解或者認識的意見領袖 key opinion leader。他們曾幾何時都是寂寂無名的普通人，不過因為用心經營自己的網誌、專頁或頻道，便慢慢累積到一批粉絲，並有了一些知名度。

成功成為有人氣，有一定粉絲追隨的 Influencers 或 KOL，便自然會吸引公司落廣告，找他們做代言人，邀請他們寫口碑文章及心得文，拍攝有關植入式廣告，甚至離開網絡世界到公開場合開講座等。這時候他們便可以靠廣告費用或公司贊助取得收入，獲贈禮物商品或享有免費體驗服務等福利。

來自廣州的 KOL

我們在沖繩便認識了一位帶著兩個女兒，日常不用上班，來自廣州的旅遊 KOL。她說國內稱 KOL 為「大號」，而她玩的不是 FB、IG、YouTube、Twitter，而是 Weibo 微博。我們看她微博的個人專頁，粉絲數量有數十萬

人，而且每一個帖子的回應數目非常多，證明她有一班鐵粉經常瀏覽她的專頁，追蹤她發放的消息。她謙虛地說她的粉絲數目已不算多，有很多前輩比她更厲害。

她和我們透露，客戶想她發一篇心得文（實則是植入式宣傳稿），相片連一段約 50 多字的文字，至少有萬多港元的報酬。她說通常廣告費會受到 KOL 的粉絲人數和知名度有所浮動。

此外，因為她是旅遊 KOL，所以不時會有法國旅遊局邀請她一家到當地試品嚐紅酒、住古堡的體驗，雖然旅遊局沒有支付薪水，但所有旅費食宿完全免費！她說亦有些公司不付廣告費，但卻送她新產品，例如自拍器材等。他們甚至會多送一些產品，協助她舉辦回饋粉絲的抽獎活動，進而達到產品曝光的效果。

過來人的一番話

不少人想入行做 Influencers 或 KOL，令自己可以進一步獲得「地域自由」，她說自己是過來人，有幾點可以和大家分享：

1. 首先，她覺得有心理準備很緊要：成為 Influencers 或 KOL 門檻不高，差不多人人都可以找個網上平台經營。不過，亦不是人人都可以真正做到 Influencers 或 KOL。很多人因為不能忍受做很久都沒有粉絲增長或回應率過低，便中途放棄。所以，入行之前真的要問清楚自己是不是真的想踏入這個行業？準備好拋頭露面沒有？準備好被人評頭品足沒有？學會打逆境波，堅持初心非常重要。

遊人生
旅居藍圖

2. 選一個平台作深度經營：可以是 FB、IG、YouTube、Twitter、Weibo 微博、Tik Tok 抖音、部落格。雖然多個平台發佈有多方面宣傳作用，但她自己喜歡把心思放在同一個平台上作為開始的，她覺得這樣較容易控制，不會令她分身不暇，用掉她太多時間。

3. 選一個最擅長或喜歡的範疇：可以是旅行、理財、教育、育兒、美容、潮流、烹飪、畫畫等等。雖然很多人多才多藝，但她說最好不要太濫，因為如果題目太多元化反而令人覺得主題不夠集中，會容易流失粉絲。至於選範疇時，她覺得大前提是自己要喜歡，否則很難有熱情經營下去。

4. 備好各種設備：手機、相機、麥克風、腳架、燈架、各種 APP 軟體是關鍵！在這「吸睛」的年代，熟悉它們的用法會令你的相片／視頻更具吸引力，亦幫助你省回不少製作時間。

5. 定下目標：剛開始必須是免費放送，以吸引到觀眾，以累積粉絲為首要目標。另外，要留意潮流走向，隨時創造話題帖子或視頻。善用 hashtags 功能以及與其他 KOL「互粉」，互相成為粉絲，都是增加粉絲的方法。至於要把粉絲變鐵粉，她覺得始終都是內容有價值有用最為重要，因為這樣才會令人繼續關注。

此外，她會加入互動成份，令粉絲感到被重視和有歸屬感。如果鐵粉夠多，可以選擇在文章或視頻結尾邀請粉絲打賞贊助，變相增加收入；也可以把自己的平台變成需要訂閱收費等。

做個幕後
隱形 Digital nomad

不是人人也適合做拋頭露面的數碼遊牧（Digital nomad），天生怕醜、太介意別人的看法、不能容忍別人指指點點、口齒不清等都是做不了 Influencer 或 KOL 的因素。

數碼遊牧，有分拋頭露面的，和幕後隱形的。做不了拋頭露面的數碼遊牧，大可以做宅在家的隱形金融炒家。

遙距買賣股票

我們在曼谷旅居時，就認識一位從前在美國銀行工作的基金經理，因為厭倦金融圈的生活，而變賣家產來到泰國生活。認識他的時候，他每天也不用工作，日日做瑜伽，但每個月都有錢交租，總之不用擔心錢。

和他熟絡以後，發現原來他會不時用電腦遙距操作美國股票買賣，只是以往是幫客戶落盤，現在則純粹為自己落盤買賣，爭取生活費。在龍頭經濟

自遊人生
旅居藍圖

賺錢，然後到龍尾經濟花錢，感覺當然爽！就是這樣，我們旅居了多久，他就住了在泰國多久，沒有像其他歐美背包客一樣，錢花光了就只好打道回府。時至今日，他已經在泰國住了五年多！

水療生意富爸爸

不得不提的是我人生中第一位認識的 Digital nomad，來自澳洲的布吉富爸爸 Wayne Jenkinson。雖然他曾在布吉開過 Luxurious Spa，專門接五星酒店客人，但是他同時亦有在老家澳洲買了物業收租，運用電腦網絡和澳洲的地產中介人緊密聯絡，以致租金收入無間斷，且輕易支持了他在泰國的生活費。其後，雖然水療生意盈利很高，但他最後還是嫌麻煩，花他時間太多而把它賣掉。之後，他在布吉買地起了三層高獨立屋，地下租給律師行，中層租給旅居布吉的外國客，頂層留給自己住，完全轉型做個簡單輕鬆的「收租公」，享有更多自由。如今沒有生意束縛，他有空便和朋友出海，打高爾夫球，輕鬆自在。

會當地語言是一種優勢

不懂投資不要緊，簡單地做網購，把當地特產轉賣回家鄉都是方法之一。此外，只要為人夠細心，觀察入微，理解人們的需求，能為別人提供方便或者服務或許也能開創新的生意。

我們在泰國喀比便認識了一位中英泰流利的香港女生，她的工作正是網上旅遊中介。事緣是她發現泰國喀比很少有中文資料的旅行社，所以便成立

了一間旅行中介公司專門服務以中文為母語的旅客。旅客可以在出發前經由網上和她訂購行程，由於她能說泰文，所以能夠輕易和當地泰國導遊有效溝通，旅客不用擔心語言障礙問題。

除了旅遊中介，地產中介亦頗受歡迎。好像我們旅居一個地方前，定必在當地的地產網站搜羅一番，事前聯絡好當地的地產中介，以便在考察期間可以順便睇選擇好的心儀住址。除了租務市場，地產中介通常更積極推銷買賣物業，因為所收的佣金會更高。近年部份香港人想在海外置業，語言不通下，始終需要找個懂得中文的「地頭蟲」幫他們做地產項目介紹，解釋法律條文，翻譯文件等，這亦令更多 Digital nomads 投身到地產中介市場裡。此外，買樓後如果不是自住而是放租的話，就更需要地產中介幫你推銷你的租盤，好讓物業可以順利出租。

敲鍵盤賺稿費

本身有一技之長的數碼遊牧其實不用一刀切，完全放棄自己以往的專業。例如，我們有一個從事文字工作的朋友，她是一個天生旅人。

過往每每為了去旅行，都要向老闆辭職。後來嫌煩，直接不打長工，只接 Freelance，誰知不到一年，工作時間少了而且彈性多了，人工卻沒有減少。雖然一年中她有半年時間不在香港，去了流浪，但她會如常在旅行間工作，準時交稿給編輯，當中所需的自律精神不是人人都有。簡單來說，文字工作者、翻譯專員、編輯、作家、旅遊記者等，只要能和公司協調得宜，都可以輕易享受到「地域自由」，隨時隨地上網工作的樂趣。另外，諮詢工作也毋須局限在辦公室進行。

自遊人生
旅居藍圖

4.4

如何做個
Slash 族

誠實可靠，有成績，有信譽，有麝自然香。

經傳媒近年不斷報道下，「Slashie」（斜槓一族）這個概念對香港人應該
不算陌生。「Slashie」是指一班不再滿足於「單一職業」的生活方式，選
擇同一時間擁有多重職業和身份的族人。斜槓 Slash 即是符號「/」，引
伸意思是這些人會在自我介紹中使用「斜槓」來區分自己擁有的不同職業，
例如「陳大文，平面設計師 / 攝影師 /Airbnb 房東」，所以被稱作「斜槓
一族」。

心水清的你可能會問，「斜槓一族」和做兼職的 Part-timer 有甚麼分別？
Well，最大的分別是 Title appreciation，和別人講你是 Slash(斜槓青年)，
感覺上一定有型有面有氣勢過話自己是長期打散工的兼職人 Part-timer，
去見外母時都不會被問到口窒窒啦。

有麝自然香

「斜槓一族」主要分兩類人。第一類是本身有份正職再做多幾份兼職的人，兼職可以是自己的一盤小生意，也可以是其他散工。第二類是本身不想再侷限於朝九晚五工作模式的人，他們嚮往靈活自由不受束縛的生活，所以會找尋或創造一些對自己時間和工作地點沒有限制，只需在死線前交貨的工作。

打一份工已經夠艱難，還要打多幾份？在此，我們絕對不是鼓勵你積極去找多幾份兼職，增加自己的收入，因為我們自己都不相信這一套。

以為「遞咗信」，做幾份兼職就可以有自由人生？別以為做「Slashie」好像很輕鬆，當中的辛勤程度不下於正常人「打工仔」。

要知道「Slashie」背後其中一個含義是，所做的職業是可以展示到自己技能的工種。如：設計類、文本創作、音樂，就算是打本創業，最簡單的條件也要「數口要夠精」。「Slashie」並不是可以「走遮面」的遊戲，如果你的技能不足，根本不是可以用其他東西可掩蓋的，生不出產品／服務就是生不出，「冇得呃」。

因此，我們相信，做人誠實可靠，自己做出成績，建立信譽，便有麝自然香，會不期然吸引到身邊的人賞識和獲得更多機遇。我們經常說「醜事傳千里」，其實好事亦傳千里。只要在自己出色的範疇內做得好，做到極致，做到發熱發光慢慢做好口碑，一定會惹來垂青，引來客戶。自己便不用再做宣傳，客戶會自動義務為你作宣傳，甚至為你穿針引線找合你心水的「筍工」，或者因為相信你和覺得你的東西「正」，而渴望與你合作！

遊人生
旅居藍圖

「泰國通」胡慧冲

廣為大家熟悉的「泰國通」胡慧冲正是我們所講「有麝自然香」的斯文儒雅版 Slash 代言人。

他由起初離開亞視，於 1990 年自己孤身一個來到泰國後便自己撰寫旅遊天書推廣泰國，到 2000 年獲泰國政府旅遊局頒受「Friends of thailand」獎項。在 2012 年獲頒授泰國旅遊大使榮譽身份，到現在已經搖身一變成為無線電視「生活台」《潮遊泰國》旅遊節目主持報道新鮮泰國旅遊熱點，又在香港電台第一台《大城小事》世界文化節目主持，透過大氣電波分享泰國當時當地的人和事，以及在多份香港報紙及雜誌當泰國旅遊撰稿作者。

此外，香港的旅行社亦專程找他合作，由他親自帶團豪遊泰國。他的個人網站泰友營更是香港最受歡迎的泰國旅遊網站，瀏覽率超過三千三百多萬次以上，粉絲眾多自然吸引了不少泰國商品和泰國樓盤找他成為廣告代言人。

沖哥「百足咁多爪」，絕對是「斜槓一族」，稱他為第一代泰國 KOL 也實不為過！

大家可能只看到他的風光，好像一切也來得很容易。但成功背後，我們看到的是他有依循這個成功方程式 Success formula：

1. 獨特 + 優良出品

想當年，市場上沒有太多旅行書，就算有，都是出版社／報社派記者去做資料搜集，然後再出 Trip 幾日去影相／訪問，今次做完台灣，下次就做越南。但胡慧沖就長時間逗留泰國，專心專注在一個地方，慢慢就在市場上有「朵」，成為獨一無二的「泰國通」。另外，他本來是做電視台的，所以他早已學會如何引人入勝地「講故事」，在他介紹的每一間商舖都有一個「故事」，令讀者「有感覺」，被介紹的商舖也得到更多香港客人幫襯，三方面都是贏家！

2. 長時間浸淫

胡慧沖的旅行書每年都有新資料加入和更新，這方面需要他花不少的精神時間。然而，胡慧沖經過長時間在泰國旅居，他的泰語已經非常流利，所以在與當地人交流時，反而更容易得到相關資訊，甚至是一些本地人才會有的貼士。而且，在一個地方生活久了，時間長了，自然你的人脈網絡也相應擴大，辦起事來會更簡單方便。

自遊人生 旅居藍圖

3. 活用 Marketing

胡慧冲是一個非常懂得 Marketing 和銷售的人，而且他並不是「硬銷」的那種，而是用「說故事」的方式，娓娓道來他的信息。其實這個世界有不少「出品優良」的 Artist 或人才，可是因為太過「怕醜」，不願把自己的作品分享很多人分享，所以有其局限性。事實上，我們在日本見過不少 Talented artists，都是非常「怕醜」的，幸好，他們有一些 Marketing experts 可以為他們宣傳，一方面可以提升他們作品的價值，另一方面也可以讓他們專心創作。

4. 精益求精

胡慧冲亦是香港電台第一台《大城小事》的節目主持，那次我們相見，胡慧冲分享了他做電台節目的取材和過程。他慷慨地把這些經驗分享，對我們來說都是非常有用，而且他對自己的出品很有要求，例如他經常在節目中找一些泰文版本的中文歌在節目中播放，好讓觀眾有共鳴之餘，也同時明白泰國人的文化。其實他完全沒有必要這樣做，因為電台監製自然會在節目中為他找來適當的插曲。但正正就是胡慧冲精益求精的精神，就連只有半小時的電台節目都可以做得那麼好聽，那麼好笑！

成為斯文儒雅版 Slash 代言人 —— 誠實可靠，在自己喜歡的領域首先做出成績，有信譽，便有麝自然香，以致能吸引到電台、電視台、報章雜誌、旅行社以及廣告商和他合作。

4.5

識人
好過識字

「識字不如識人」我們聽得多,但始終都是在旅途才真正遇見。建立人際網絡不單是做「Slashie 族」的條件,更是往後做人的條件。

富爸爸的故事

我們認識的布吉富爸爸 Wayne Jenkinson,他就是一個「識字不如識人」的經典。當初他也是因為在布吉認識了一位澳洲同鄉朋友剛好想要賣掉自己在布吉的水療中心,而誤打誤撞搞起水療來,還要賺到盆滿缽滿。

我們很少提及他在布吉之前的生活。實情是在澳洲時,他是個滑浪選手,贏得不少賽事冠軍,後來對養蝦有興趣,決定把滑浪比賽贏來的獎金拿去報讀大學的 Aquaculture,學習如何養魚養蝦。他告訴我們,自己不是讀書人,那幾年其實都讀得幾辛苦,尤其是寫論文,簡直是考起他。他因為不熟電腦,不懂打字,每一個英文字母,都需要逐隻逐隻用手指「篤」出來。後來畢業了,他終於鬆一口氣,之後更成立了自己的養殖蝦,因為他始終是一個很 Hands-on,喜歡親身實踐多過用電腦打論文。

遊人生
旅居藍圖

係「老細」而唔係「腦細」

Wayne Jenkinson 為人疏爽，多朋友。對幫他養殖鮮蝦的職員和幫他買蝦的買家更採取「豪氣，義氣，客氣」的待人之道。經常與人接洽工作，也需要與不同人合作，最緊要有禮貌，才能給人好印象。

他說養蝦如養初生寶寶，需要日夜照顧，有時甚至要半夜三更起身看蝦，他見職員做得辛苦，所以從來不待薄他們，人工比其他同類型蝦場高，職員有事要請假，他永遠體諒甚至親自幫忙。這些種種都令他贏盡人心，為他賣力，養出好蝦。

唔會「下下賺到盡」

對於買家，大部份都是住在澳洲的日本人，因為他的鮮蝦出品非常乾淨高水準，非常適合做鮮蝦刺身，所以不找他，也別無他家。但是，他沒有因此調高價錢來賣，反而對買家非常客氣，每次和他落單，他總是多送十兩八兩給買家。買家見他為人仗義，慢慢就變了他的朋友，想起買蝦就會自然想跟他買。不出幾年，他的養殖蝦場已做到非常出色，而且薄有名聲。

最後，其中一位日本餐廳買家因為需要大量新鮮靚蝦拿去自己餐廳做蝦刺身，便直接向他提出高價收購！大家都知道日本人很少相信外國人的，但經過幾年觀察，他們都覺得 Wayne 是個靠譜的人，而且他蝦場的作品有保證，賣的價錢也相宜，所以預期和不相識的人買，不如跟他買更好。

就這樣，他贏得他的人生第一桶金，靠的就是簡單的人生道理——Treat

others how you want to be treated「待人如己」。他的前半生就是靠著對人好，廣交朋友，而令他成功起來。

至於他的人生下半場，大部分時間都在布吉渡過。初初買下水療中心，他為此做了很多增值才令它成為五星級的「Luxurious spa」，例如水療中心內牆壁的數張壁畫便是他自己創作的，不知道的話還以為他是藝術家；與此同時，他亦是個專業物業和地產投資者，投資項目分別在澳洲和泰國。

另外，他自己在布吉買地，起了一間三層高的獨立屋，自住頂樓，同時把不用的樓層放租，令自己成為物業房東，增加自己的「被動收入」（Passive income）。租客在那裡找？他說，全都是他的朋友穿針引線介紹給他的，因為沒有經過中介，所以連佣金也不用付。大家都知外國人在泰國買地起屋法律條文複雜，但他說：「我從來都不用去律師行問法律意見的，只要請我的律師朋友到酒吧喝酒，他們便會告訴我最精打細算的好建議。」

蘇州過後無艇搭

他的故事是不是越聽越精彩呢？未算！當我們問他的投資心得時，他竟然簡單地說：「投資在那兒好？It's just common sense，在地鐵站口範圍畫一個圈，500 米範圍內都買得。」雖然他講得輕描淡寫，但這種王者霸氣答法盡顯他的 Street smart 和經驗，是很多地產界技術分析員都無辦法如此斬釘截鐵地講出的方法。由於他為人「豪氣、義氣、客氣」，所以識盡布吉島的達官貴人，他說有時他們有甚麼投資項目，也會與他一份。

遊人生
旅居藍圖

有一次，一位馬來西亞富豪告訴他一個馬來西亞的地產發展項目，邀請他一起投資，但是因為他對馬來西亞沒有認識，那時候心大心細，沒有加入。結果不出幾年，項目已經幾何級回報，他也笑言：「有早知，無乞兒」。雖然一早投資了會賺很多，但是有時候也沒辦法，時也命也，不可能賺盡。為人樂觀的他直言，把握不到這次機會也未必是壞事，因為這教曉了他下次有同樣的機會來臨時，就要機不可失，不能想前想後。

在同一時期，他是水療中心老闆／藝術家／專業物業和地產投資者／房東，是個不折不扣的王者霸氣版 Slash 代言人。後期，他為了 Strike a balance，平衡取捨，持盈保泰，賣掉了雖然賺錢但花他很多時間心血的水療中心。仍然賺錢怎捨得賣掉？但他就覺得擁有多些自己的自由時間比困住自己在一盤生意更加重要！

「遠親不如近鄰」和
「出外靠朋友」

小時候，常常聽老人家說「遠親不如近鄰」，他們會告訴我們隔離陳師奶如何仗義幫忙看孩子，沒有醬油不用立刻落樓下買，跟鄰居借就可以了。

時移勢易，到我們這一輩的人，很多都對這句話沒有甚麼感受。能數得出鄰居姓甚名誰的香港人，應該已是少數，更遑論有沒有交往了。不過，我們覺得這不是因為人們沒以前那麼有「人情味」，相反，其實一切都在乎我們怎樣去做。就以我們一家為例，我們是少數知道同層鄰居貴姓的人，甚至和鄰居有講有笑，就算我們離開了香港，還會和他們有聯絡的人。

我們發現，只要你願意表達友好，主動跟別人打招呼，99% 的人都會樂意對你微笑回應。所以，香港不是少了「人情味」，只是在繁忙擁擠的都市裡，大家忙得連跟鄰居打招呼，建立鄰舍關係也變得無力。不過，只要我們不怕付出，不計較收獲，願意先去 Cultivate 可貴的「人情味」，我們會突然發覺周圍都是可親可愛的人。

自遊人生 旅居藍圖

左鄰右里救近火

在我們旅居的日子中，親人不在身邊，令我們深深感受到「遠親不如近鄰」這句話的意思。住在泰國時，若果沒有鄰居 Auntie Jum 和 Uncle Suen Mor 幫我們讀泰文信件和接泰文電話，相信我們看著一堆泰文應該會相當頭痕。

到現在人在沖繩，也是多得鄰居山內先生親切地教我們怎樣為颱風的來臨做好準備，才未至於花園盆栽枱櫈四飛。

小心別患上「公主、王子病」

此外，以前我們字面上明白「出外靠朋友」是甚麼意思，但實際上，在香港的時候，我們很少真的會「出外靠朋友」，因為自小我們便被教育成甚麼也要「自己搞掂」。不過，旅居的生活，令我們真正感受到「出外靠朋友」的意思。在我們來看，「出外靠朋友」的「靠朋友」絕非指萬事「依靠」朋友幫忙，但無時無刻都請緊記，「幫你是人情，不幫才是道理」，朋友的幫忙不是奉旨的。我們應該抱有日本人那種「没必要的話也不希望為別人添麻煩」的想法才對。

要真的做到在外邊也可以「靠朋友」的話，先要條件是你自己要成為一個可「依靠」、可「信賴」的朋友。當你本身成為了一個可靠又樂於助人的朋友時，你身邊的朋友就會自自然然好願意在你有需要的時候幫忙你。所以，"You receive what you give"，要「出外靠朋友」，不如先做個可靠的朋友吧！

打開心扉 拉闊社交圈

我們發現，初到貴境，最重要的是保持一種開放樂觀正面的交友心態。想拉闊自己社交圈，其實不難。只要自己願意先打開心扉，對初認識的人表示友善，樂於和他們交談，你會發現很自然便會認識到新朋友。當然，我們的朋友都是經年累月地累積而來的。如果強迫自己一時三刻認識非常多新朋友，反而可能累壞了自己，對嗎？

我們這些走了出來的旅居家庭，大多相信一句說話，就是「讀萬卷書不如行萬里路」。行完「萬里路」後，我們發現「行萬里路不如閱人無數」！

旅居，其實不單單是為去離開自己家鄉很遠的地方，為的其實是在不同的地方，經歷不同的人和事。我們可以很肯定地說，如果在旅居時，沒有在清邁遇過其他「富經驗的旅居家庭」的話，我們未必會繼續旅居下去；沒有遇到有機農夫 Jon Jandai 的話，我們不會對簡樸生活這麼嚮往；沒看過有人願意花十個月用三步一叩的方式從武漢前往拉薩，我們不會對這樣心靈純淨的人為之感動⋯⋯

總之，我們因為旅居，被逼在短時間內「閱人無數」，這不但令我們充滿驚喜，更不時令我們增長智慧！

4.7

經營
外國社交圈

人在外地，只要那個地方多外國人前往工作或旅居，就很容易慢慢衍生出一個外國人英語社區。要進入這個圈子，可謂有難有不難。有人說，很難進入這個圈子，因為他們的英語不夠好。但我們卻認為，這和語言能力沒有甚麼關係，反而和能否融入外國人文化有關。

英文喇喇聲

在我們認識的外國朋友中，大部份都不介意其他非英語為母語的朋友說話時有文法問題，或者有自己國家的口音，因為我們的外國朋友都清楚那不是他們的母語，說得不好是天經地義。

如果要這些外國朋友反過來去學習中文和說中文，很可能比我們亞洲人學英文說英文更有難度，這一點外國人是非常明白，所以絕對不介意我們所謂的「Broken English」。

因孩子的連結成為朋友

從我們的經驗來說，言語隔膜並非最大困難，相反，東西方的文化差異才是。例如，來自歐美的朋友喜歡早上喝杯咖啡提提神，晚上到酒吧飲杯酒，稍為微醉，心情放鬆了才跟你傾偈說笑，慢慢成為朋友。這種西方人的交友模式，對香港人來說，是可以理解的，但始終如果你不是那種人，卻要勉為其難晚晚蒲酒吧飲酒，可能你也會感到吃不消，對吧？

可能我們是有小朋友的家庭，所以我們認識的第一批朋友往往是兒子同學的家長。這也是最容易開始以及適應的朋友圈。自己的小朋友和同班同學變成好朋友，便自然會喊著要一起玩，家長們因為愛子深切，也會開始主動和對方家長聯繫，甚至在周末約出來到公園或沙灘玩。慢慢相約多幾次，家長們一起講下「湊仔經」，一起講下「媽媽經」，自然便會變成朋友。

另外，由於大家建交基於小朋友，所以可算是純友誼，沒有利益瓜葛和衝突，非常單純。例如，我剛來沖繩時，在兒子入讀的國際學校裡便認識了一班來自世界各地的媽媽，起初我們的認識純粹是因為孩子們讀同一級，大家有大家的聯絡，方便清楚和理解學校的突然通告。後來，因為孩子們喜歡一起玩，我們便慢慢更加熟絡了。經過幾年時間，其實我們的小朋友已轉去本地學校，但大家仍不是保持聯絡，一起搞親子活動，甚至 Kids-free，只有媽媽才出席的「女子會」（Ladies' night out），讓媽媽們也可以放放假，和閨蜜重新享受還是做女時的「自由時光」！

除了兒子同學家長能夠成為我們第一批朋友外，自己的同班同學也可以成為知己的好友。好像 Matt 當年在泰國時，報讀了當地語言學校的泰文班，並結識了好幾個志同道合的朋友。我們那時剛好對 Raw food diet 和瑜伽

有興趣，同班同學 Ryan 便變成我們的 Yoga coach
和 raw food chef，而 Ryan 對靈氣 Reiki 和能量治
療 Energy healing 很著迷，我們有剛好可以教他關
於靈氣和能量治療的課程。這樣的豐盛交流，除了
令我們雙方也增進了友誼，更增長了知識呢！

華僑的同圈層

旅居期間，我們不時會遇到在當地的居住或工作的
海外香港人和華人，以及在當地紮根了好幾代的華
僑（他們有些已經不懂得説中文，只懂説當地語言
或英文）。

老實説，在外地能夠「同聲同氣」是幾開心的，所
以我們也會很珍惜和他們的相遇。以泰國曼谷為例，
那邊的華僑非常多，大多來自潮州和福建，如果見
到當地的老華僑，和他們説幾句潮州話和福建話，
他們會立刻當你是「自己人」，又倒茶給你喝，買
東西又給你送禮物，非常搞笑！

來到沖繩，這兒華僑比較少，但也有不少來工作或
經商的華人，我們會每年在農曆新年和中秋節一起
過節，團圓慶祝。對我們來説，這種聚會是一個好
方法令我們的孩子在海外也可以感受到家鄉的節日
氣氛，亦可以製造機會讓大家的孩子可以一起玩，
一起説説中文！

▲▼ 同班同學 Ryan 成為我們的
Yoga coach 和 Raw food chef

如何增潤
原有親友情誼

有不少人問我們，旅居後，我們是如何維持和香港親人朋友的關係的。我們估計他們這樣問是因為他們擔心離開後，和親友減少見面而親情友情被沖淡。

但是，我們卻認為「海內存知己，天涯若比鄰」，只要和親戚朋友的情誼深厚，就算分隔千里，大家依然會心念相繫。雖然心裡掛念重要，但始終行動最實際。現在只要有網絡，即可以打視像電話給親友，拉近距離，這比起要用國際長途收費電話方便相宜多了。

就算大家各有各忙，未必夾到時間傾電話，也可以利用 WhatsApp 發放訊息、相片、短片甚至通話錄音給對方，待對方有時間時才回覆。也可以不時把相片發放在面書，也會令身處香港的朋友知道我們在旅居的地方正在做甚麼，經歷甚麼。我們的不少朋友也說，因為經常看見我們在社交媒體的新動態，所以感覺上會以為我們好像沒有離開過一樣。

聯絡少 漸行漸遠

在香港這個繁忙的城市，和親戚朋友的聚會，慢慢亦變了只在大時大節才能安排到。加上香港地少人多，要一大夥人聚在某人家通常有點難度，人

自遊人生 旅居藍圖

多的聚會只能選擇到餐廳和酒樓做。餐廳酒樓要做生意，意味著食客不能佔位太久，所以大家都是水過鴨背地吃過晚餐，問問近況，便要趕忙埋單交枱。有家庭有小朋友的更加不能晚歸，只有短短幾小時的聚會，只能夠大家表面吹水，很難深入交流。

相反，當我們決定旅居後，我們決定將我們的家變成一個 Open house，開放給我們從前在香港的親戚朋友在他們來旅遊探訪的期間入住。很多在香港的朋友都因為我們旅居這個有趣決定而過來探訪我們，順道了解一下在異地生活的可能性。

由於大家在幾天裡住在一起，朝夕共對，共處的時間比從前在港聚會時一定更長，大家會看到大家的真性情，不同的生活習慣和處理事情的手法。因為不一，所以會有所啟發，亦會令大家有更多深度交流。例如，我們家中很少家具雜物，因此我們不用花太多時間整理雜物，清理的方便令我們也少了很多煩惱。很多朋友看見後，便立刻意識到自己回家後也要進行「斷捨離」，把家中無謂的雜物捐贈或送給身邊有需要的朋友。 又例如，朋友們看見我們帶孩子帶得比較隨心輕鬆，亦令他們放下對自己孩子的過分緊張，嘗試讓孩子自由地玩，在陌生環境中探索新事物。在同一屋簷下，大家突然間變了好像一家人一樣，互相幫助，真是共處更見真情！

隨時可「回鄉」探親

由於我們選擇的旅居帶點都是香港人的熱門旅遊點，且距離香港不遠，所以親人們組團過來泰國曼谷或者日本沖繩探訪我們也非常容易，令我們不經意實踐了父母的夢想 ——「家族旅行」！在香港時，家中各人，各有各忙，要遷就大家放假日期去一次家族旅行，談何容易！但是，因為旅居的

關係，我們反正時不時會「探親」，不如就直接把「探親」變成「家族旅行」，共同創造更多精彩開心好玩的共同回憶吧！

坐言起行 話約就約

由於我們現在身處日本沖繩，不少好朋友都基於我們的地理優勢而相約我們來個「快閃之旅」，大家相約在日本某地方見！大家雖然出發地點不一，航班也不一，但確實可以做到。之前，我們便跟我們的易經師父和攝影好友一起相約在京都，事前各自買機票，然後網上租車和預約一間一戶建的民宿有足夠房間大家一起入住。

從這次籌辦過程中，雖然我們和好友都在不同地點，但是一點也沒有阻擋到我們溝通和預約。反而，因為大家清楚大家在不同地域，反而在決定和執行時更為迅速，不花時間作太多無謂 Research，亦因此沒有選擇困難症，可以迅速坐言起行！那次京都之旅，我們早上便外出看京都採用的風水佈局，中午影京都紅葉，晚上學習易經智慧，雖然行程隨意，但收穫非常豐富，大家也很享受這次「快閃之旅」。

享受「地域自由」不等於要「連根拔起」，變賣資產，斷六親。正所謂「分開加倍念掛」，旅居後，大家會更珍惜能夠一起相聚共渡的美好時光呢！

後記

舒適圈的極限，
才是人生的起點！

我們這個「悠」牧家庭已經衝出香港差不多六年了！這幾年來，每當遇到香港來的朋友，他們劈頭第一句：「你就好啦，已經離開咗香港生活！」

我們雖然人不在香港，但心卻沒有離開過。記得幾年前有人說李嘉誠先生「走資」，但他回應說，他把錢投放在全世界做生意，然後把賺到的錢派息給香港的股東，有何不妥？！這一點跟我們相似，我們絕非厭倦香港而離開，而是以留學生心態，把學到的經驗和知識分享給香港人。李嘉誠先生分享派息，我們分享知識！

Neale Donald Walsch 在《與神對話》中說：「舒適圈的極限，才是人生的起點。」（"Life begins at the end of your comfort zone."）五年前，我們放下了重複又重複的安穩生活，一家四口開始了旅居流浪生活。回首一看，發現我們真的活得開心、自由、精采和充滿感恩！

每當我們遇到難關，跌到谷底時，我們的應對態度就是「置之一笑」，跟自己說聲：「盡力了，算吧，哈哈哈哈！」放下了執著，反而就是出現轉機的黃金機會！用「心」活，總是較用「腦」活更簡單快樂！

這五年裡，我們遇到很多奇人奇事，大大拉闊了我們對生命的可能性。有委內瑞拉家庭生活在清邁幫我們當日語翻譯、有南非攝影師在泰國寫書、有二十歲少女徒步由湖北入拉薩尋找自己、有出身於黑龍江的日本人幫助我們辦理日本簽證、有華裔奇女子在美軍航母服役八年、有五星大廚來為我們洗廚房、有電腦系教授教我們中國易經智慧、有生物科技之父來跟我們玩水晶缽療法……

我們的交流中，有笑有淚，雖然認識時間不長，但總有遇見老朋友的感覺。有人說這是萍水相逢，我們卻認為是命中注定。有時我們也會問，為甚麼我們總是遇上這些奇人奇事？內心總會有聲音答：「物以類聚！」大家都是在本身的地方被認為是「Do not fit in」的人，但正因為大家都是「Do not fit in」，所以相遇時反而非常「Fit in」，哈哈哈哈！

而且在這幾年裡，我們無意中重拾生命中的十個奢侈品：

自遊人生
旅居藍圖

（1）生命的開悟和醒覺：衝出成長和出生的香港，才醒覺我們以前的幼稚。一直以為擁有「國際視野」，但原來只是「歐美視野」。在泰國，中國和日本旅居，學到的生活智慧，發現亞洲和中華文化博大精深！旅途上遇到不少普通話／泰文／日語說得比我們更好的歐美人士，專程來亞洲體驗，學習，甚至生活。原來，我睇你好，你睇我更好！

（2）一顆自由喜悅愛的心：這幾年在江湖流浪，遇上不少生意合作的邀請。但是我們這幾年的生活節奏慢下來，明白不是每一個機會都要把握，不是每一場馬都要落注。君子愛財，取之有道。三十而立，四十不惑！我們清楚知道，甚麼是最合適自己。自由可貴，知足常樂！現在我們量度成功的刻度，就是感恩細算喜悅時刻的數量和質量！其實人人都是大富翁，只是資產配置各不同。有人的資產是健康、有人的資產是夫妻感情、有人的資產就是天生有款又有型！

（3）走遍天下的氣魄：我們絕非討厭香港而離開，而是出外找些好東西，分享給香港，增潤香港！人在江湖，到了彼邦，更愛香港！香港是福地，我們感恩香港成為我們的孵化器，才能成為今日的我們，但我們總不能永遠待在孵化器裡！蝴蝶要破繭而出，雛鳥要破殼呼吸，夏蟲要金蟬脫殼，否則就是Stuck in an uncomfortable comfort zone！麻雀雖小，卻屬於藍天。懸崖之前，鼓起勇氣，閉起雙眼，向前一跳，俯衝直下，離心感覺，展開翅膀，用力一拍，上升漩渦，順風飛行。這種感覺，有誰共鳴？我們非移民，只是「留學生」，總有一天會海歸！

（4）回歸大自然：以前愛吃喝玩樂，自助餐，打邊爐，白酒紅肉，無一不歡。天氣熱，行商場，天氣冷，行超市。八年前，始茹素，突感到，全身輕鬆，精神有力，情緒經常處於微微興奮狀態。三年前在泰國清

邁的有機農莊，向莊主學藝，得到啟發。文人說：粒粒皆辛苦；農夫
說：粒粒皆輕鬆。我們雖是文人，但在耕種領域，我們選擇相信農夫！
自家前園，種植蔬果，養好泥土，順應節氣，播種收割，天生天養。
兩公婆，天氣熱，去海灘；天氣冷，去行山。脫離自然，百病叢生；
回歸自然，健康長生！

(5) 安穩平和的睡眠：以前炒期指，做期權策略，每日恆指的高低開收，
都用電腦記錄。就連晚上夜尿，都要看看美股的升跌。見過不少來沖
繩度假的香港朋友，機不離手，三分鐘一小看，五分鐘一大看，自
言自語唸著股價升跌，只看到五寸手機螢幕金魚缸，卻看不到現場
三百六十度環迴立體藍天碧綠層漸海。這四年裡，晚晚自然睡，朝朝
自然醒，沒有電子鬧鐘，卻有身理時鐘。工作有序，作息有時。無所
牽掛，晚晚甜夢，早上醒來，發覺現實，比夢更甜！

(6) 享受自己空間和時間：在家寫作，時間靈活。全職爸媽，孩子在家，
我們都隨時可以有親子時間。但我們也選擇「放養孩子」，我們和孩
子彼此尊重大家時間和喜好，孩子有自由時間，但也跟我們一樣分擔
家務。我們家沒有工人姐姐，洗衣洗碗清潔掃地，都是我們一家四口
分工合作。說得好聽：授之以魚，不如授之以漁。但實情我們承認：
我們真的是非常懶惰的父母，當然要孩子「自己家務自己做」，哈哈！
遇上有興趣的課堂，有想去的地方，說走就走，既不用跟老闆交代，
也不用跟客人道歉，輕鬆簡單自由方便！但要幫孩子向老師請假，唉！

(7) 彼此相愛的靈魂伴侶：全職爸媽，只是我們的「兼職」！我們真正身份，
是全職老公／全職老婆！這四年裡，我們兩公婆，24／7 都在一起。
一起醒來，一起到農夫市場買餸，我去剪草，你去煮飯。一起上堂學

遊人生 旅居藍圖

習新事物，一起出外見新朋友，一起做訪問，一起寫文章。我和老婆，早在中學三年級，已是同班同學，那年十四歲。現在四十歲，我們都一樣在做中學生的事，但不用考試，又不用問父母拿零用錢，爽到無朋友！「中學生應否談戀愛」，不用再辯論了吧！

(8) 任何時候都真正懂你的人：四年前剛衝出香港時，以為我們是「第一家庭」離家出走。怎料在旅途上，我們並不孤單！在泰國遇上由南美家庭移居清邁，在中國遇上娶了四川辣妹子的蘇格蘭老外，在日本遇上由尼泊爾來沖繩開咖喱店的老闆！「老朋友」是用時間的長度去量度，「好朋友」則是用心比心的距離去衡量。離開香港時，以為要跟很多老朋友闊別，但不少老朋友都我們的在旅途上再聚，成為了好朋友！旅居中日泰，也認識到不少新朋友，大家都有類似經歷和體驗，很快成為好朋友。「好朋友」隨著時間的發酵，很容易會變成「老朋友」！

(9) 身體健康和心靈富足：在香港，甚麼運動也沒時間做。但在泰國，我們學習瑜伽和泰式按摩；在中國，我們學習太極和氣功養生；在沖繩，我們每天赤腳去走沙灘或草地，好讓我們接地氣（Grounding）！廿多歲時，每年生日，都希望自己一年比一年成熟穩重，每年跟自己說，明年生日要達到甚麼目標，不斷激發自己動力（Motivation）。但這幾年，反思良久，發現 Motivation 原來是逼自己去做自己不想做的事。現在，有很多空間靜下來做 Meditation，搭通天地線，靈感湧現（Inspirations），其實 Inspirations 就是：隨遇而安，隨心自在，隨喜而作，隨緣生活！

（10）感染並點燃他人希望：這幾年，幸得傳媒和出版社邀請，把這幾年的心得在書本，專欄和電台節目跟大家分享。實不相瞞，我寫文章其實只是想把那一刻的心境用筆記下來罷了，就像是我的私人筆記或周記，第一讀者是我自己。有用的，歡迎攞去使；無用的，就當聽故仔！市場上有更多比我們優秀的作家，他們的作品娛樂性和資訊性豐富，就像是紅酒一樣，可以慢慢品嚐。但我們的作品只是茶，一杯港式奶茶，一杯自家沖製，嘗試盡量接近茶餐廳水準的港式奶茶。大家有緣閱讀我的文章（包括這篇），就像是來了我家，品嚐一口我沖製給你的那杯港式奶茶！

人在江湖，我們暫時未有確實時間表回港，但有一點肯定的，就是我們會加把勁，強化我們書本，把外邊世界的好東西跟大家分享！做人要飲水思源，香港永遠是我們的家和我們的根！我們一家，滿足現在，期待將來。Feel appreciation for what is, and eagerness for what is coming into our life.

自遊人生 旅居藍圖

Inspiration 23

作者	岑皓軒、馬漪楠
出版經理	呂雪玲
責任編輯	Ada Wong
書籍設計	Kathy Pun
相片提供	岑皓軒、馬漪楠、Getty images

出版	天窗出版社有限公司 Enrich Publishing Ltd.
發行	天窗出版社有限公司 Enrich Publishing Ltd.
	九龍觀塘鴻圖道78號17樓A室
電話	(852) 2793 5678
傳真	(852) 2793 5030
網址	www.enrichculture.com
電郵	info@enrichculture.com
出版日期	2020年1月初版

承印	嘉昱有限公司
	九龍新蒲崗大有街26-28號天虹大廈7字樓
紙品供應	興泰行洋紙有限公司

定價	港幣$138 新台幣$580
國際書號	978-988-8599-35-6
圖書分類	(1)生活 (2)心靈勵志